Marion Guénard

# Au printemps on coupe les ailes des oiseaux

roman

éditions de l'aube

« C'est un idéaliste, dira-t-on.
Mais non, ce sont les autres qui sont des salauds. »
FRANTZ FANON, *Peau noire, Masques blancs*

« Votre colère ne ressemble pas à celle des adultes
que Violaine connaît.
Elle n'est empreinte d'aucune petitesse, ne s'adresse
ni aux objets contrariants – un verre cassé dans l'évier,
une poubelle renversée par le chien – ni aux inconnus
encombrants – cet homme qui se gare en travers et qui
bloque la rue principale. Elle ne contient ni hargne,
ni amertume, cette routine des regrets.
La vôtre, de colère, ce jour-là, est emplie de peine,
la peine floue et brutale de votre impuissance,
se cogner à une entité gigantesque, un ordre des choses
qui ce jour-là vous écrase. »
LOLA LAFON, *Mercy, Mary, Patty*

## Scorpion

Une porte lourde se referme sur eux et sur la lumière du jour. Ils sont maintenant à l'intérieur, les yeux grands ouverts, en lutte avec l'obscurité nouvelle. Un cliquetis métallique déchire l'air immobile. Le pas de l'homme qui marche devant eux résonne dans l'espace aveugle. Ils avancent, lui devant, eux derrière, dans un couloir sans fin et sans fenêtre, au rythme des clés qui pendent à sa ceinture. Ils pourraient bien ne jamais sortir de là, de ce nulle part dont on peine à croire qu'il existe vraiment, hormis dans les cauchemars de ceux qui restent dehors. Kaouthar s'accroche à sa mémoire comme à une balise de détresse, à cette carte mentale des lieux qu'elle dessine dans sa tête à mesure qu'ils s'enfoncent dans les ténèbres.

L'homme ne prend pas la peine de repousser les mégots qui traînent à ses pieds. L'endroit pue.

Kaouthar compte les portes qu'ils franchissent, les unes après les autres, dans un bruit sourd de caveau que l'on scelle. L'air commence à manquer. Ils croisent des grappes de gardes au corps languide qui les toisent d'un œil mauvais. Kaouthar force sa vigilance, résiste à la peur et à la colère qui montent en elle à la vue de ces visages, ces gueules aux rictus et aux langues salaces. Elle prie pour que Mohamed ne les voie pas.

Dans un réflexe protecteur, elle serre dans la sienne la petite main chaude de l'enfant. D'ordinaire, il se tortille puis s'échappe, crie qu'il n'est plus un bébé, qu'à huit ans passés, il peut bien marcher seul. Mais là Mohamed se laisse faire, avance, les épaules voûtées, son pas ajusté sur celui de sa mère. Sa bouche est sèche, et son ventre, creux. Ils étaient arrivés si tôt ce matin, bien avant la prière de l'aube. Ils n'étaient pas les premiers. Dans le noir, une longue file déjà se dessinait sur l'étroite langue caillouteuse, coincée entre la rambarde de l'autoroute et le mur d'enceinte de l'établissement. Figés dans le froid de janvier, des femmes, des enfants montraient l'exemple à suivre. Attendre, chanter quand le cœur y était, protéger son visage de la poussière et du vent glacé soulevés par les roues des camions, tenir dans le creux de ses mains le gobelet de thé brûlant que l'on venait d'acheter au marchand, en conserver la chaleur le plus longtemps possible, garder des forces pour ce qui allait suivre.

La file s'était allongée, allait jusqu'au bout du mur, épousait son angle et continuait de l'autre côté. Le jour s'était levé et Mohamed se demandait encore combien de temps ils allaient devoir rester à attendre là, le long de la voie rapide, au milieu des sirènes hurlantes.

On les avait enfin fait entrer, par petits groupes. On les guidait comme des bêtes que l'on mène à l'abattoir, froidement, sans les voir, à coups de bâton si nécessaire. Là encore, ils avaient dû attendre plusieurs heures sous un toit de tôle offert aux courants d'air. On les avait fouillés, on leur avait tout pris, leur patience, les boîtes de conserves et la nourriture qu'ils transportaient depuis le matin, la force qui leur restait. Quand ils entrèrent enfin dans le cœur du complexe pénitentiaire, Scorpion, prison dans la prison, ce bloc ultra-sécurisé, réservé aux pires ennemis de l'État, ils étaient comme nus, absolument démunis. Plus rien ne les protégeait. Ils étaient aux prises avec la bête.

Kaouthar continue d'avancer, le corps volontairement tendu comme pour mieux résister à la tentation de reculer. Elle ne voit pas où elle met les pieds. Scorpion. Elle s'étonne du silence. Le son mat des coups contre la chair, le fracas des pieds de chaise que l'on abat sur les mains, les nuques, les articulations, les hurlements des détenus. Elle s'attendait à entendre tout cela. Le gardien lui-même, se grattant l'oreille avec l'ongle sale de son petit doigt, entretient la légende. *Tout est fait pour que l'on meure ici.* Est-ce le souffle tiède de cet homme, son haleine collante ou un relent de pourriture stagnant dans ce tombeau sans ventilation ? Kaouthar sent qu'elle quitte le monde des vivants. Elle se cramponne à son courage et à son fils. Ce qu'elle redoute, plus que toutes les humiliations et le temps volé qu'on ne lui rendra plus, c'est le visage de son frère. Hassan. À quoi ressemble-t-il aujourd'hui ? Depuis des mois, des années, elle attend un permis de visite qu'on lui refuse sans cesse et sans motif. Mohamed n'a aucun souvenir de cet oncle arrêté alors qu'il n'avait pas un an.

Ils pénètrent dans une petite chambre aux murs blancs, éclairée de néons blafards. Une double vitre en plexiglas enfermant une rangée de barreaux encadre le corps à la manière d'une photo d'identité. Un téléphone crasseux pend au bout de son fil. Il n'y a pas de chaise pour s'asseoir. Le garde lui rappelle les règles, « قدامك تلات دقايق, tu as trois minutes », se plante dos au mur, jambes écartées.

Hassan apparaît de l'autre côté. Il est en tenue de prisonnier, pyjama blanc, crâne rasé, lèvres gercées. Un instant, Kaouthar voit les traits de son père s'imprimer sur ceux de son frère.

La tête inclinée vers la paume de ses mains, on dirait qu'il prie. À la vue de Kaouthar et Mohamed, un sourire pâle traverse son visage crayeux. Kaouthar est presque soulagée. Elle craignait un visage cabossé, bleui par les coups, une bouche avec des dents en moins. Le regard de Hassan est vide mais indemne. Elle sait le pouvoir d'anéantissement de la prison, les sentiments qui quittent les visages jusqu'à disparaître pour de bon. Leur père ne leur racontait jamais l'enfermement. Il disait simplement qu'il ne ressentait plus. Mohamed sautille pour voir cet oncle dont sa mère lui parle souvent. Il paraît que, bébé, il adorait lui tirer la barbe.

Kaouthar pose sa main sur le plexiglas froid. Hassan l'imite. Des doigts lui manquent. Il est maigre. Sa chemise trop large glisse de son poignet jusqu'au coude, laissant apparaître une peau tachetée de halos bruns. Une expression d'horreur passe sur le visage de Kaouthar. Hassan sourit.

« Apaise ton esprit, ma sœur. Ce n'est rien, juste quelques cigarettes. »

À la manière d'un enfant qui regarde, fasciné, le sang couler sur sa peau écorchée, Hassan passe un doigt délicat sur les endroits où la chair est encore à vif.

« Le pis, c'est l'odeur. C'est quand tu respires l'odeur de ta chair qui brûle. Ils disent que ça sent le cochon grillé. Ça les fait marrer. C'est drôle, tu ne trouves pas ? Tu vois, ça n'a pas vraiment changé depuis l'époque de papa. »

Kaouthar serre le téléphone si fort que les jointures de ses doigts blanchissent. Elle voudrait hurler. Mais aucun son ne sort de sa bouche. Elle revoit son frère entrer triomphalement au Parlement. Il était si beau dans son costume sombre, sa barbe bien taillée, fournie comme celle de leur père. Sur les affiches de campagne, il avait le même regard rassurant, trop paternaliste de l'avis de Kaouthar, les mêmes mains croisées, la même montre épaisse au poignet. Hassan l'avait eu, son siège de député. Leur père, ému, vivait par procuration un rêve qu'il n'aurait jamais osé caresser en son temps. Kaouthar était heureuse pour son frère, heureuse de le voir si fier et en position de défendre ses idées. C'était pour cela après tout qu'elle s'était battue, qu'ils s'étaient battus, tous ensemble. Certains étaient allés jusqu'à payer de leur sang ce droit de faire de la politique librement. Mais jamais Kaouthar n'aurait choisi le camp d'Hassan. Être du côté des Frères, cela lui était impossible. Elle l'avait décidé il y a longtemps, bien avant la révolution.

« Tu finiras par sortir. Comme papa. Toi aussi, bientôt.

— À quoi bon sortir, Kaouthar ? Je suis mort à l'intérieur. »

Kaouthar sent la nausée monter du fond de sa gorge. Elle la reconnaît comme un animal reconnaît la main qui l'a battu. Son corps a gardé en mémoire la terreur qui lui tordait le ventre lorsque, enfant, elle allait voir son père en prison. Vomir, encore et encore, espérer que le mal la cloue au lit et lui épargne l'épreuve d'une visite. Pourtant elle aimait son père, elle désirait le voir, se caler contre sa poitrine chaude et remplie, respirer sa barbe et son odeur de savon. Mais la prison s'employait à détruire ces images qu'elle chérissait. Kaouthar ne pouvait supporter de le voir ainsi, diminué, rabaissé, vêtu d'un pyjama rayé à l'étoffe si rêche qu'elle lui effritait la peau. Elle détestait cette odeur de renfermé qui se dégageait de son corps. Ses mains surtout, tordues par les coups qu'on leur administrait, ses mains aux ongles arrachés lui faisaient horreur.

L'effroi l'accompagnait comme une ombre. Où qu'elle aille, elle se sentait fautive, dangereuse. À l'école, on lui apprenait l'histoire glorieuse de l'armée qui avait dans les années cinquante libéré l'Égypte de la monarchie, de l'exploitation coloniale, et l'avait sauvée de tant d'ennemis intérieurs par la suite. Assise, muette à son pupitre, Kaouthar pressentait qu'elle était née du côté des mauvais, de ces terroristes fanatiques dont parlait la professeure. Elle ne reconnaissait rien de son père dans cette description terrible et pourtant, elle savait sans que personne n'ait besoin de lui dire qu'il était l'un d'entre eux : un Frère, un traître de l'ombre. Cette discordance la jetait dans une émotion trouble. Elle se recroquevillait sur sa chaise et se terrait dans une honte silencieuse.

Quand les prisonniers s'étaient échappés des prisons alors que la révolution sur la place Tahrir[1] exultait, Kaouthar avait cru que c'en était fini, que l'Égypte rompait avec son histoire. Elle imaginait, naïvement peut-être, que les prisonniers politiques ne seraient plus, que l'on pourrait dorénavant penser ce que l'on veut, que l'on pourrait, comme son père, croire à l'islam politique sans représenter une menace pour l'État, que l'on pourrait, comme elle, rêver de pain pour tous, d'une éducation meilleure et du droit des femmes à disposer de leur corps comme bon leur semble.

Le cours des choses avait piétiné ses espoirs. Le régime avait vite fait de panser ses plaies. Il choisit un soir d'été pour attaquer. Hassan se retrouva derrière les barreaux, comme son père trois décennies plus tôt. Et elle, Kaouthar, marchait dans les pas de sa mère, pleureuse le long des murs des prisons. Elle reproduisait sans même y réfléchir cette tradition absurde des Sœurs[2] – rendre visite au père, au frère –, les enfants dans les bras comme pour signifier aux geôliers qu'ils pouvaient bien humilier leurs hommes, leurs enfants n'oublieraient pas, la lutte continuerait. Kaouthar avait embarqué Mohamed, lui imposant ce qu'elle savait être insupportable – la violence des hommes

1. La place principale du centre du Caire.
2. « Sœur » en appui à « Frère » islamistes.

contre les hommes, gratuite et vaine. La cruauté du monde l'avait rendue indifférente jusqu'au bien-être de son propre fils.

Consciente qu'il est trop tard, qu'il en sait déjà trop, Kaouthar attrape Mohamed et cale son corps sur sa hanche.

« Il ne devrait pas être là, lui reproche Hassan.

— Je voulais que tu le voies, qu'il te voie. Cela fait si longtemps.

— Mon neveu, tu es beau comme un prince. Quelle tristesse de ne pas te voir grandir ! أنت بقي ولد شاطر ؟, Es-tu sage ? »

La question reste en l'air, suspendue, avant de se briser contre l'éclat de voix du gardien.

« Ça suffit. Séance terminée. Le pouilleux, tu retournes dans ta cellule. La bigote, tu remballes tes mouchoirs, ton gosse, et tu te casses. »

## L'appartement

L'appartement est vide. Tous ses habitants sont occupés ailleurs. Dans le silence, l'agencement des objets parle pour eux. Dehors, la nuit lutte avec l'aube à mains nues. D'épais nuages noirs filtrent la timide lumière d'un matin de janvier. Il pleut-neige.

Sur le bar américain qui sépare le coin cuisine du reste de la pièce commune gisent les restes du petit déjeuner qu'on n'a pas eu le temps de débarrasser : deux petits bols au fond desquels flottent des céréales molles et multicolores, des épluchures de clémentine, une tasse de café à moitié vide.

Aimantés sur la porte du réfrigérateur, des Polaroid carrés offrent une collection de souvenirs instantanés. Sur un cliché en noir et blanc, Nina tend un sourire amputé de ses deux incisives du haut. Son bras est enroulé autour des épaules de sa petite sœur, Zoé, qui, moins concentrée, ferme les yeux, agite des mains floues vers l'appareil photo comme si elle envoyait un sort au photographe. Accrochés à côté, Mariam et Antoine posent dans quatre vignettes étroites de format photomaton. Ils rient, grimacent, s'écharpent, s'embrassent tour à tour. Ils jouent le jeu sans réfléchir, laissent la machine capturer leur image, fabriquée pour l'occasion, sur le modèle de tant d'autres que l'on voit punaisées sur les pense-bête des cuisines ou glissées dans les rabats des portefeuilles.

Le reste de l'appartement est plus ou moins organisé selon cette partition parents – enfants, les objets accumulés racontant la vie à deux, puis à quatre. Des livres d'images aux pages cartonnées et quelques jouets traînent par terre près de la table du salon sous laquelle sont glissées des boîtes remplies de crayons, de papiers, de pâte à modeler. Les affaires de Mariam et Antoine sont rangées à bonne hauteur. En parcourant les étagères remplies de livres, un inconnu pourrait souligner un grand éclectisme dans les choix de lecture – entre les manuels de droit, les poches de littérature classique de Mariam et les bandes dessinées de science-fiction et l'intégrale de l'œuvre de Tolkien en livres illustrés d'Antoine. Les guides de voyage, rassemblés d'un côté, reflètent en revanche un appétit commun pour les villes européennes, les pays scandinaves, et la ville de

New York. La reproduction d'une photographie de Brassaï de la gare de Grand Central trône au-dessus du canapé.

Comme d'habitude, Mariam a quitté l'appartement la première. Dans la nuit, elle a pris un métro qui l'a emmenée à l'autre bout de Paris, au quartier de la Défense, là où se trouve le cabinet d'avocats pour lequel elle travaille.

Antoine et les filles ont déjeuné ensemble avant de prendre le chemin de l'école. Ils se sont séparés devant la grille, au milieu d'une foule d'enfants bruyants et de parents pressés. Nina s'est élancée la première, sans se retourner. Zoé, la plus jeune, a laissé son père lui donner un baiser glacé avant de disparaître à son tour dans la lueur bleutée du matin. Antoine est reparti, seul, les mains dans les poches, soudain nostalgique de voir ses filles grandir trop vite. Il a fait le chemin en sens inverse, grimpant la pente de Belleville avec, dans son dos, une belle vue sur l'uniformité grise de Paris. Une larme perle à son œil gauche, arrachée non par l'émotion mais par le vent glacé qui lui abrase les paupières.

Ils avaient passé de belles vacances de Noël, tous les quatre dans cette petite station du Jura. La météo avait été idéale. La neige était tombée en couche épaisse le soir de leur arrivée. Un soleil sec avait brillé le reste de la semaine. Chaque jour était organisé de la même façon. Le matin, les filles partaient pour leur leçon de ski. L'après-midi, tous ensemble, ils faisaient de longues promenades, ponctuées de batailles de boule de neige. Mariam se laissait tomber en arrière dans la poudreuse, riait de plaisir et d'étonnement comme une enfant qui découvre une sensation nouvelle. Chaque hiver, c'était elle qui insistait pour qu'ils partent en vacances à la montagne. Elle n'avait pas connu les joies de la neige dans sa jeunesse. Ses parents, venus d'Égypte quelques années avant sa naissance, n'en avaient ni le goût, ni les moyens. Son père riait souvent de ce qu'il croyait être une manie française – payer très cher pour aller se coller les fesses sur un télésiège glacé. Mariam, au contraire, voulait que ses filles sachent skier comme la plupart de leurs camarades de classe dont les parents déboursaient chaque hiver un tiers de leur salaire en remonte-pente. Les joues rosies par le froid, les cheveux recouverts de flocons blancs, Mariam se relevait, contemplant alors l'empreinte de sa silhouette sur le sol cotonneux. Les filles l'imitaient, se jetant à leur tour dans la neige fraîche. Antoine les regardait s'ébattre ; il trouvait Mariam belle et reposée. Enrobé dans le silence ouaté de la forêt blanche, là où il n'entendait rien d'autre que les rires des filles et de Mariam, il se sentait empli d'une félicité douce.

De retour à l'appartement, Antoine allume l'ordinateur, remet le rangement et le nettoyage de la cuisine à plus tard. Il aime la solitude et le confort du travail à la maison. Son métier de graphiste le lui permet. Cette organisation arrange tout le monde, à commencer par Mariam qui a bien souvent des horaires de travail élastiques. Elle peut, quand c'est nécessaire, partir tôt le matin, bien avant l'heure de l'école. Elle évite ainsi les heures d'affluence dans les transports et dispose de temps pour se concentrer sur ses dossiers avant l'arrivée de ses collègues. L'aurore est son heure.

Antoine doit proposer une nouvelle maquette à un magazine féminin qui veut renouveler son apparence, « *Faire plus jeune* », lui avait-on dit au téléphone. En quête d'inspiration, il descend à la cave. C'est là qu'il conserve dans une armoire en fer des magazines et journaux de presse anciens. Antoine est trop nonchalant pour être un collectionneur méthodique. L'exhaustivité, la compilation ne l'intéressent pas. Mais il aime regarder les couvertures, les anciennes publicités comme autant d'images et de couleurs qui nourrissent sa créativité.

Alors qu'il explore ses archives, il remarque la présence d'une boîte de rangement beige, posée en haut de l'armoire. Antoine connaît cette boîte, il sait ce qu'elle contient. Elle renferme les souvenirs de Mariam adolescente, ses carnets intimes, ses K7, ses premiers CD, quelques posters, ses Doc Martens aux semelles usées. Antoine a toujours connu Mariam avec cette boîte, comme s'il s'agissait du prolongement de son propre corps. Année après année, déménagement après déménagement, ces reliques avaient survécu à l'appel impérieux de la poubelle. Antoine en avait oublié l'existence, et voilà qu'elles réapparaissaient sans prévenir.

Antoine a soudain envie de lire les carnets de Mariam. Jusqu'alors, il n'avait jamais éprouvé de curiosité à leur égard. Ce n'était pas qu'il considérât incorrect ou intrusif le geste d'ouvrir la boîte et de parcourir les fameux carnets. Il n'y avait tout simplement jamais pensé.

Le moteur de la chaudière tourne dans un ronflement confortable. L'air est tiède. Les bruits extérieurs arrivent de très loin, étouffés. Personne ne l'attend. Antoine a tout son temps. Il s'assoit par terre et déballe le carton avec précaution. Il y a quatre carnets. Ce sont de banals cahiers d'école, recouverts d'autocollants et de photos de presse scotchées. Mariam avait dû les découper dans des magazines pour adolescentes : on y retrouvait l'iconographie grunge qui régnait dans les lycées des années quatre-vingt-dix, les visages pâles et mélancoliques de jeunes femmes aux longs cheveux noirs, des motifs de fleurs entrelacées, des roses aux branches épineuses d'où perlaient des gouttes de sang. Le dernier carnet présente une couverture plus sobre, méticuleusement recouverte de chatterton noir. Il semble qu'il ait été écrit plus tard, alors que Mariam était déjà à l'université. Antoine ignore tout de ce qu'il s'apprête à lire et plonge avec une délicieuse excitation dans les pages d'un carnet daté de 1998.

Mariam avait seize ans. Le monde d'alors appartenait à une autre ère. Il sortait tout juste d'un partage bipolaire des richesses. Les tours jumelles du World Trade Center à New York tenaient encore debout. Avec émerveillement, le grand public découvrait le réseau des réseaux, Internet. On trouvait cela formidable de pouvoir discuter en direct par messagerie instantanée. On était impressionnés par les trésors d'information que recelait à l'infini Wikipédia. L'espoir emmené par les révolutions arabes n'existait pas encore, la chute de leurs idéaux non plus.

Antoine découvre la plume adolescente de sa femme, rageuse et excessive, ponctuée jusqu'à saturation de points d'interrogation, obsédée par les menues injustices qu'une lycéenne peut vivre au quotidien, révoltée par les plus grandes, celles qui traversent le pays, et, au-delà, le monde vaste et lointain. Excédée par l'impuissance de sa jeunesse, Mariam est pressée de grandir, de vivre sa vie loin de ses parents, loin du lycée, de connaître l'amour avec un grand A par deux fois souligné. Son souhait le plus cher et le plus urgent est de trouver sa place dans l'agencement du monde – place qu'elle est pour l'instant bien en peine de définir avec précision. Elle sait simplement qu'elle aspire à quelque chose de plus grand, quelque chose qui transcendera son quotidien sans surprise, quelque chose qui l'entraînera loin de sa petite ville de banlieue endormie. Mariam a besoin de souffle, d'épopée, elle est à la recherche d'une vie exceptionnelle. Elle ne sait pas encore à quoi cela ressemblera. Elle ne s'en inquiète pas. Elle a tout le temps devant elle.

Antoine parcourt le texte avec le détachement bienveillant de l'adulte qu'il est devenu. Il sourit en découvrant l'impulsive impatience de Mariam, son ambition idéaliste. Devant les pages séchées par les années, son amour pour elle se pare d'une couleur nouvelle. Il ne connaissait rien de ses écrits, encore moins de ses rêves de très jeune femme. Il se dit qu'ils avaient dû compter avant de se diluer lentement à mesure que l'action, l'existence leur donnaient corps autrement. Mariam est aujourd'hui une avocate brillante, une mère et une femme épanouies. Elle a fini par trouver cette place qu'adolescente elle évoquait avec passion. Antoine n'en doute pas. Il se réjouit d'en discuter avec elle ce soir.

## Kaouthar

Le microbus fend la nuit et la poussière. La voie rapide est supposée encercler Le Caire, contourner la capitale sur son flanc oriental. Mais la ville est si vaste qu'elle déborde bien au-delà de son périphérique. Tout s'enchevêtre dans une superposition de sources lumineuses : les centres commerciaux, les constructions sauvages, les phares des voitures, les panneaux d'affichage, les minarets au sommet vert. Il n'y a pas un carré d'obscurité.

Au gré du trafic et des nids-de-poule, une douzaine de silhouettes dodelinent dans la pénombre. Le véhicule est plein. En sortant de la prison, Kaouthar et Mohamed ont acheté un sandwich chez le premier marchand venu, un poulet pané mayonnaise que Mohamed a avalé d'une traite. Repu, épuisé par les violences de cette journée trop longue, il s'est endormi à peine assis dans le microbus. Kaouthar pense à Hassan. Elle n'a pas besoin de forcer l'imagination pour se le représenter dans sa cellule exiguë et glacée, collé aux autres, grelottant, lové dans la saleté et les immondices.

Autour d'elle, personne ne parle. À l'avant, Radio Égypte crachote des chants à la gloire de l'armée. Le chauffeur les fredonne doucement entre deux bouffées de cigarette. Au-dessus du tableau de bord, calée sur une fausse fourrure dont le rôle décoratif masque la véritable utilité – camoufler la poussière –, trône une photo du Maréchal. La composition – la photo et les poils synthétiques –, est entourée d'une guirlande lumineuse dont les ampoules clignotent dans la nuit.

Sans ciller, le Maréchal observe les passagers. La photo a été prise de telle sorte qu'il est impossible d'échapper à ce regard mouvant qui vous suit, gluant presque, d'une pénétration indiscrète et dérangeante. Ses lèvres pâles se distinguent à peine du reste de son visage, peau beige sur fond blanc, avec ce léger halo trahissant le recours à un logiciel de retouche photo. Ses yeux presque doux, vaguement stupides, contrastent avec une mâchoire carrée, tendue vers l'avant, trahissant les ambitions d'une âme juvénile qui avance, imperturbable, à la rencontre de son destin.

Il faut dire que la photo date. Elle avait commencé à circuler quelques semaines avant le coup d'État. Personne ne connaissait alors ce jeune militaire ; personne ne s'imaginait qu'il s'imposerait comme l'inespéré sauveur de la Nation. Depuis les clichés avaient fleuri, avec des poses plus sophistiquées. Le Maréchal avait pris de l'âge, sa stature s'était étoffée, son visage, empâté. On le voyait en chef sévère et impitoyable, lunettes noires, mâchoires serrées ; en père affectueux, costume sombre, rose à la boutonnière, avec des enfants sur les genoux. La tenue civile était celle qu'il affectionnait le plus lorsqu'il recevait des chefs d'État occidentaux. Il fallait leur montrer qu'on avait du maintien en Égypte, le sens de l'élégance et, surtout, que l'on croyait à la démocratie. Il était toujours de bon ton de rappeler que le Maréchal avait été élu président, avant d'être réélu – toujours avec des scores impressionnants.

Mais en Égypte, il était resté le Maréchal. Les médias ne s'embarrassaient pas de le nommer par son nom. Il était le Maréchal, et rien ne le détournerait de la mission qu'il s'était confiée lui-même et dont personne ne savait si elle prendrait fin un jour. Il prenait son rôle très au sérieux. Dans certaines circonstances bien choisies, à la suite d'attentats terroristes – et c'était pratique car il y en avait souvent –, lui, le père de la patrie, pleurait à la télévision sur le sort de ses enfants dont il semblait hautement préoccupé. Les téléspectateurs dans leur immense majorité faisaient mine de le croire. On ne savait qui des deux, du Maréchal ou du public, était meilleur comédien. Kaouthar détourne les yeux. Ce regard qui la suit sans relâche, c'en est trop pour elle.

C'est l'heure du flash d'information. Le chauffeur monte le son. Quelques têtes se redressent. Kaouthar en connaît d'avance le contenu. Elle a lu *1984*[1]. Le livre circulait sous les tentes de Tahrir. C'était Ashraf le premier qui lui en avait parlé, avec son enthousiasme habituel. Dans les mois qui suivirent la révolution, on trouvait l'ouvrage partout – dans les cafés, les kiosques à journaux, à même le trottoir aux pieds des vendeurs ambulants. *1984* était devenu le livre de chevet de toute une nation. Au lendemain du coup d'État, aussi rapidement qu'il était apparu, il avait disparu de la voie publique. Kaouthar, qui s'était acheté un exemplaire, en relisait certaines nuits quelques pages. Elle les refermait aussitôt, furieuse d'avoir eu ce livre entre les mains et de n'avoir rien vu venir.

Comme dans le monde de Winston, où l'Océania, l'Eurasia et l'Estasia se livrent une bataille perpétuelle, l'Égypte du Maréchal est en guerre permanente. La voix dramatique de la radio d'État énumère les lignes de front.

1. Roman d'anticipation de George Orwell, paru en 1949.

*« De la Libye au Nord-Sinaï jusqu'aux portes du Caire, les attaques ennemies menacent l'intégrité territoriale de notre beau pays. L'armée riposte mais malgré des stratégies élaborées et du matériel technologique de pointe, le bilan est lourd : onze soldats sont tombés aujourd'hui, victimes du terrorisme. Ces martyrs, morts pour la nation, ont été décorés à titre posthume de la médaille d'honneur par le Maréchal. À cette occasion, le Maréchal a répété que le terrorisme restait l'ennemi numéro un et qu'il s'emploierait à débarrasser le pays de ceux qui veulent lui nuire. Les enfants que ces héros sacrifiés laissent derrière eux ne seront pas oubliés. Le Maréchal a assuré qu'il veillerait personnellement sur ces enfants privés de père. Paix à leur âme.* الله أكبر*, Dieu est grand. »*

Le journaliste se racle la gorge avant de continuer à débiter sur le même ton bileux un texte qu'il semble connaître par cœur.

*« Le pays s'apprête à célébrer la Fête de la police. Comme chaque 25 janvier depuis que le Maréchal a repris le pays en main à la demande du peuple, c'est l'occasion, une fois par an, de rendre hommage à ces serviteurs de la nation, ces héros anonymes qui, fidèles à la devise du ministère de l'Intérieur,* "La police au service du peuple", *se dévouent au quotidien pour notre sécurité et celle de nos enfants. Mais cette année, une menace plane sur ce jour glorieux. Des terroristes révolutionnaires cherchent à confisquer cette journée historique. Les forces de sécurité ont pris les mesures*

*qui s'imposent et agiront en conséquence. Le centre-ville du Caire sera bouclé, des barrages de police seront élevés dans les heures qui viennent. Des arrestations préventives ont déjà eu lieu ; quelque cinq mille suspects ont été interpellés, mis en détention provisoire au nom la sécurité de tous. Hier, une mère de famille, honnête et loyale, n'a eu d'autre choix que celui de dénoncer son propre fils, un enfant de quinze ans, qui appelait à l'insurrection sur Facebook. Le Maréchal ne laissera pas faire. Sa fermeté sera sans faille face aux semeurs de troubles.* »

L'édition s'achève et les chants patriotiques reprennent de plus belle. Le chauffeur allume une autre cigarette. Parmi les passagers, personne ne bouge, chacun isolé dans son silence, sous le regard fouineur du Maréchal. Kaouthar s'interroge. Ont-ils vraiment oublié ? Le 25 janvier, la Fête de la police ? Les jeunes avaient choisi cette date pour dénoncer les dérives délictuelles et criminelles des agents de l'Intérieur, les claques, les humiliations, la torture devenue banale dans les sous-sols des commissariats. Ce jour-là, le mouvement avait pris, conjonction miraculeuse de fils invisibles qui, pour une fois, allaient tous dans la même direction. La révolution commençait.

Kaouthar avait vingt ans. Elle avait tout de suite compris qu'il se passait quelque chose d'important. Le 25 janvier allait devenir un point de référence sur la frise chronologique de l'Égypte. Un jour qui remplirait le présent, déterminerait le futur, un jour à l'aune duquel on pourrait réévaluer le passé. Il serait aussi pour elle un moment de bascule, ses premiers pas d'être libre.

Le soulèvement avait fait entendre son premier cri le mardi – au Caire, à Suez, à Alexandrie. Le vendredi d'après, jour de manifestation étendue à toutes les grandes villes du pays, Kaouthar s'échappait de chez elle, faisait le mur à la barbe de son père. Il était sorti de prison quelques années auparavant, avait renoncé à la politique mais était toujours actif au sein de la confrérie. Le mot d'ordre chez les Frères était clair. *On attend, on laisse les anonymes tomber en première ligne et on avise.* Kaouthar ne l'entendait pas de cette façon. La jeunesse l'appelait. Elle devait descendre. L'Égypte se soulevait, verticale, enfin. Une fierté immense l'envahissait, un espoir inouï que tempérait à peine la peur du danger. Kaouthar sauta du balcon de la chambre où son père l'avait enfermée à clé. Une fois à terre, elle prit quelques secondes pour resserrer son voile autour de son visage et balayer la poussière qui zébrait son *abaya*[1]. Elle s'échappa en courant sous le regard impuissant de son père qui implorait Dieu depuis sa fenêtre pour qu'Il lui rende sa fille saine et sauve.

1. Version longue du voile islamique que les femmes portent par-dessus leurs vêtements et qui couvre le corps jusqu'aux pieds.

Pendant trois jours et trois nuits, une odeur de pneus brûlés et de gaz lacrymogènes flotta sur le centre du Caire. Le peuple emporta la première bataille. Le cœur du Caire lui appartenait. Il tenait la Place, et les artères alentour. La police avait dû battre en retraite, retranchée derrière les murs du ministère de l'Intérieur. Le siège du parti unique n'était plus qu'une carcasse fumante. Le ciel de janvier était constellé de confettis cendrés. Il faisait tellement beau ce jour-là ! Kaouthar les regardait danser dans l'azur, emplie d'une joie nouvelle. Fille d'Égypte, elle n'avait jamais vu la neige tomber.

Puis, tous ensemble, ils construisirent Tahrir à leurs images. Plurielle, collective, jeune, belle. C'est dans ce monde idéal, où tout était promesse, que Kaouthar et Ashraf se rencontrèrent. Il faisait froid sous les tentes. Ils passèrent la nuit, les pieds emmitouflés dans la même couverture, au milieu d'un groupe de jeunes révolutionnaires enfiévrés, occupés à repenser l'ordre des choses. Le lampadaire public découpait sur la toile des ombres chinoises aux contours fantastiques. Ashraf était le plus animé de tous. Il connaissait toutes les histoires. Ce soir-là, avec à-propos, il raconta l'origine du 25 janvier, l'origine de la Fête de la police. L'Égypte était sous occupation britannique, on était en 1952. Ashraf décrivait la ville d'Ismaïlia, accolée au canal de Suez, enflammée par l'insurrection. Une nuit, les insurgés s'emparèrent du commissariat, en firent leur forteresse avec l'aide des officiers de police. Les Britanniques lancèrent l'offensive. Les chars roulèrent sur les murs d'enceinte, les balles sifflèrent à haute fréquence. Les résistants tenaient bon. Ashraf, emporté par son récit, s'était levé. Il mimait l'union des assiégés, des hommes, des policiers, des syndicalistes, des Frères, hier indifférents, voire hostiles les uns aux autres, aujourd'hui rassemblés derrière une cause commune. Les mitrailleuses des Britanniques ne firent pas la différence. Quarante et un d'entre eux tombèrent ce jour-là, sous les tirs de la puissance coloniale. Voilà comment, d'après Ashraf, le 25 janvier 1952 entra dans le récit national comme le sacrifice fondateur d'une nation à venir. Les années passant, tout avait été fait pour qu'on oublie le courage des héros d'Ismaïlia. Le régime avait confisqué la gloire de cet épisode à son profit. Le 25 janvier était désormais dans la mémoire collective le jour de la Fête de la police. On avait délibérément oublié les autres. « *Notre histoire est la même que celle de ces valeureux combattants. Nous avons enfin su nous rassembler malgré nos divergences. Je vous le dis, mes sœurs, mes frères, le 25 janvier ne sera plus jamais le jour de la Fête de la police. C'est fini.* على طول, *Et pour toujours.* »

Kaouthar n'avait jamais vu une telle foi en la vie. Ashraf ne doutait pas, il vivait. Plus la nuit avançait, plus il parlait, fumait, buvait. Avec son ami de toujours, Halim, ils semblaient n'avoir peur de rien. Ils avaient été de toutes les manifestations qui avaient éclos ces dix dernières années. Les marches le long de la frontière qui séparait l'Égypte du territoire occupé de Gaza, c'étaient eux. La photo du dictateur, arrachée et brûlée en place publique devant les usines textiles de Mahalla, ils y étaient. Ashraf et Halim savaient que le grand soir allait arriver, tôt ou tard. Ils y avaient toujours cru. Ils touchaient au but.

Ce qu'il restait de nuit fut consacré à la littérature. Le whisky coulait à flots. Un bras autour des épaules de Halim, Ashraf récitait des vers érotiques des poètes irakiens Mutannabi et Abû Nuwâs.

La nuit pour Kaouthar avait un parfum de scandale et de fumée de cigarette. Elle goûtait pour la première fois à l'insolence, émerveillée d'être là, avec ces garçons et ces filles qui s'exprimaient en toute liberté. Elle découvrait ce que le mot *jeunesse* voulait dire, elle qui avait grandi dans un monde clos, tenu au secret, méfiant par nature. Sa peur d'être découverte comme Sœur n'avait plus lieu d'être. Sous les tentes, son ascendance ne comptait plus. Seuls ses idées et ses actes importaient dorénavant.

Les camarades s'étaient endormis. Il ne restait plus qu'eux, elle et Ashraf, assis en tailleur autour d'un cendrier trop plein, d'une bouteille de whisky trop vide. Kaouthar buvait de l'alcool pour la première fois. Rien ne la forçait à refuser. Elle avait envie au contraire de se laisser emporter par l'énergie d'Ashraf – peut-être de lui plaire aussi. Ce qu'elle voulait par-dessus tout, c'était ressentir le goût de cette liberté inédite. La première gorgée avait été un peu raide, puis elle s'était faite à ce liquide rugueux qui la réchauffait dans la nuit. L'ivresse déliant leur esprit, ils dressaient le portrait de leur Égypte idéale, un pays où l'autoritarisme, la violence, la pauvreté, le patriarcat n'auraient pas droit de cité. Ils rêvaient d'une société où le savoir, la science et les arts seraient élevés au rang de première nécessité. Ils s'imaginaient un futur à eux. Ils étaient d'accord sur l'essentiel, et cela les rendait heureux. Sans le savoir, ils tombaient amoureux.

À compter de cette nuit, Kaouthar, comme beaucoup d'autres, ne quitta plus Tahrir ni Ashraf que le temps de prendre une brève douche quand la nécessité l'imposait. Son père avait renoncé à l'enfermer. Ses autres enfants avaient déserté la maison à leur tour, Hassan y compris. Hassan, le fils aîné, l'héritier de la pensée et de l'activisme de son père, avait, lui aussi, et c'était suffisamment exceptionnel pour le souligner, désobéi à l'autorité paternelle. Le père et la mère étaient restés seuls devant leur télévision, incrédules face à l'audace de cette jeunesse. Avec les Frères, ils avaient l'impression d'avoir tout essayé ces trente dernières années sans parvenir à un tel coup d'éclat.

Par superstition ou parce qu'ils n'acceptaient pas de voir leurs enfants réussir là où ils avaient échoué, ils se refusaient à parler de révolution. C'était un soulèvement qui retomberait comme d'autres étaient retombés avant lui.

Pourtant, la révolution était bien là. Kaouthar le savait. Ni les Frères ni ses parents ne pouvaient le comprendre. Il était trop tard pour eux. Leur temps était passé. C'était son corps qui le lui disait, ce corps dont on lui avait toujours dit de se méfier, de ne pas le regarder ni l'apprêter, encore moins de le toucher. Debout, à s'égosiller avec les manifestants, Kaouthar se découvrait une voix généreuse qui vibrait dans son larynx, sa poitrine, et irradiait jusqu'aux extrémités de ses membres comme une vague délicieuse.

Face aux rangées de policiers cuirassés, elle arborait ce regard frondeur, mordoré des gens du Delta. Ses mollets galbés et ses cuisses fermes faisaient sa fierté, elle qui courait plus vite que beaucoup d'hommes quand il s'agissait de charger ou de battre en retraite. Elle se jura de ne jamais oublier ce frisson qui la traversa comme un arc de feu lorsqu'elle saisit un bel inconnu par la main pour le sortir d'un nuage de gaz lacrymogène. Kaouthar était libre, sa peau respirait la désobéissance. Elle existait enfin à elle-même, pour elle-même, savourait ce sentiment de complétude, ce soulagement de ne pas être passée à côté de son existence.

À l'image de son pays qui se débarrassait en quelques jours d'une dictature de trente ans, Kaouthar s'affranchit de son héritage trop lourd, sa famille, son père – cette engeance funeste, celle des Frères, qu'elle n'avait pas choisie. Comme le reste de l'ancien monde, leur combat, leurs méthodes, leurs adversaires même appartenaient au passé. Kaouthar était enfin du bon côté de l'histoire. « ارفع راسك فوق ... أنت مصري, *Relève la tête, tu es égyptien.* » Elle fit de ce slogan entonné par des millions d'autres sa rumeur intime.

Le microbus quitte la voie rapide, entre dans le quartier informel d'Ezbet el Nahl, rebondit sur le sol en terre battue, fait de trous et de bosses. Des gamins courent en tongs, les mains sales. La misère est logée partout, dans les eaux usées qui dévalent sous les fenêtres, dans les détritus qui s'empilent. À défaut d'éclairage public, des guirlandes d'ampoules blanches ou jaunes décorent les magasins. Le visage du Maréchal est sur tous les murs, recouvrant des affiches d'un autre temps, aux messages maintenant indéchiffrables. Une fois arrivé aux affaires, le Maréchal s'était empressé de tout effacer – la révolution, les raisons de la colère d'une jeunesse qui ne demandait rien d'autre que le respect de ses droits, la fin de l'arbitraire et la justice sociale pour tous. Il avait restauré la Fête de la police, comme si ni les héros de 1952, ni les héros de janvier n'avaient existé.

Mohamed et Kaouthar marchent en silence dans une rue étroite et sombre. Le muezzin chante pour la cinquième et dernière fois de la journée. Mohamed tamponne du pied les déchets qui traînent. Les pensées de Kaouthar divaguent. Elle se laisse à imaginer ce que serait leur vie si la révolution avait abouti. La pauvreté aurait déserté les quartiers comme celui d'Ezbet el Nahl. La boue ne s'accrocherait plus aux chaussures, n'entrerait plus dans les maisons. On aurait bitumé les routes. On aurait planté des jardins sur les toits. Il y aurait une école dans presque chaque rue. On n'entasserait plus cinquante gamins dans une salle de classe. Les journalistes feraient leur boulot de vigies de la démocratie au lieu de répéter comme des perroquets bègues les communiqués de l'armée. Elle ne serait plus sage-femme mais conseillère importante et écoutée au sein du ministère de la Santé. Grâce à elle, on aurait multiplié par cinquante le nombre de centres de planning familial dans le pays, diminué les violences sexuelles, éradiqué l'excision. Ashraf serait sûrement devenu un brillant avocat, spécialiste du droit transitionnel. Ils voyageraient, appelés à participer à des conférences dans le monde entier pour partager leur expérience révolutionnaire. Kaouthar serait certainement devenue un modèle de femme libre pour une génération de petites filles.

Son imagination s'écrase sur le seuil de leur appartement. Derrière la porte, Kaouthar sait ce qui l'attend :

la déchéance d'Ashraf, crue et inévitable. Ashraf, qui ne quitte plus son fauteuil et son jogging d'intérieur que pour aller travailler quelques heures par semaine comme conseiller juridique au département Litiges et contentieux d'une banque. Ashraf, qui contribue à peine à la survie du foyer. Ashraf, qui ne leur adresse plus la parole – à sa femme, à son fils – que pour leur grogner dessus. Ashraf, qui avait cru si fort à la révolution qu'il n'avait pas vu le piège de l'armée se refermer sur lui. Il était depuis devenu indifférent à tout, emmuré vivant dans un bloc de déni.

Mohamed entre le premier, laissant derrière lui la porte grande ouverte. Au moment d'en franchir le seuil, Kaouthar ne sait plus si elle s'accroche à un bonheur perdu ; si tout cela – Tahrir, la rencontre avec Ashraf, l'amour –, a bel et bien existé.

# Mariam

Mariam ferme les yeux pour tenir à distance la lumière criarde du métro. La rame s'arrête, déverse un flot de voyageurs sur le quai puis s'engouffre à nouveau dans le tunnel qui se resserre en goulot noir. Mariam repasse dans sa tête les événements marquants de la journée, cet e-mail envoyé à un client pour l'optimisation fiscale de ses biens, ce meeting de coordination hebdomadaire avec ses associés, ce déjeuner de travail, enfin, où son boss l'a remerciée pour la qualité sans faille de son boulot, lui annonçant une très probable promotion dans l'année. Satisfaite, Mariam avait accueilli la nouvelle sans surprise. Elle se savait pilier solide du cabinet et connaissait sa valeur ajoutée.

Méthodiquement, elle s'attaque au lendemain, listant déjà les tâches à accomplir, les dossiers à suivre, les collaborateurs à mettre dans la boucle. Sans qu'elle n'y prête attention, sa pensée embraye sur le dîner du soir, les restes du frigo à finir, les courses du lendemain, un bonnet de piscine pour Nina qu'il ne faudra pas oublier d'acheter.

Ses cervicales lui font mal. Elle passe une main dessus, penche la tête en avant, sur le côté, repousse les épaules vers l'arrière. Deux séances de yoga par semaine ne suffisent pas à faire disparaître ces tensions physiques installées depuis longtemps.

Les portes du métro s'ouvrent en claquant. Mariam n'a pas besoin de regarder le nom de l'arrêt. Rompue au même trajet, deux fois par jour, elle sait qu'elle est arrivée.

Elle avance dans les couloirs souterrains à belle allure. Ses talons hauts ne la font plus souffrir : elle a pris le pli avec les années. En quelques marches, elle laisse derrière elle les néons du métro et entre dans l'obscurité du dehors. Le froid la saisit. Elle contracte involontairement les épaules et resserre les pans de son large manteau sur elle.

D'un pas décidé, elle s'attaque à la pente de Belleville avec une énergie qui force l'admiration des autres – ses collègues, ses amies, son mari aussi. Mariam ne s'économise pas – jamais. Elle ne se le formule pas ainsi mais en réalité, elle répond à tout ce que l'on attend d'une femme moderne et accomplie : avocate renommée, femme élégante dont le corps reste ferme car entretenu tôt le matin ou tard le soir dans l'air conditionné d'une salle de gym, maman attentionnée qui emmène ses filles faire du vélo dans le bois de Vincennes le dimanche. Prenant les compliments tels qu'ils arrivent comme autant d'encouragements à continuer, Mariam s'applique à renvoyer cette image sans vraiment y réfléchir.

Elle se dit qu'elle est heureuse, qu'elle a tout ce qu'elle désirait : un travail faisant d'elle une femme influente et libre, un mari aimant, deux filles adorables. Il n'empêche. La quarantaine approchant, Mariam est habitée d'une fatigue structurelle à son existence. Cette fatigue est d'autant plus épuisante qu'il lui est impensable de la laisser voir aux autres. Ce serait reconnaître qu'elle vieillit bel et bien, que désormais il ne se passera plus grand-chose, que le plus gros de ce qu'il y avait à accomplir est derrière elle : et cela, Mariam n'est pas encore prête à l'accepter. Elle entend son corps lui dire qu'elle pourrait dormir des heures, des jours, des semaines, mais elle ne l'écoute pas.

Les souvenirs des vacances de Noël sont pourtant encore frais dans sa mémoire. Alors qu'elle passe devant les vitrines allumées des restaurants chinois de la rue de Belleville, elle repense à ce séjour dans les montagnes du Jura, elle entend les filles qui gloussent, dévalant la pente en luge, elle ressent le froid sec du soleil d'hiver sur ses joues, le goût fade de la neige sur sa langue, la chaleur réconfortante d'une tasse de chocolat chaud entre ses mains alors que le froid de la nuit s'installe à l'extérieur et cristallise la végétation. Elle se revoit avec plaisir paresser au lit le matin avec Antoine, ce qui n'arrive jamais d'ordinaire.

Cette existence sans surprise, emplie d'une succession d'événements qui reviennent chaque année, de tâches à accomplir chaque jour, est la sienne. Elle ne la questionne pas ouvertement, par manque de temps, peut-être aussi par peur d'entrer dans la gravité des choses. Car, au fond d'elle, elle le sent bien, il y a comme un mécanisme qui tourne à vide. Quelque chose manque. Mariam ne sait pas quoi faire de ce point aveugle qui menace en silence. Son image réverbérée glisse sur les devantures vitrées. Chasser la panique qui la saisit au ventre en serrant les poings. Mariam se dit qu'elle s'en occupera plus tard.

Elle presse les chiffres du digicode de l'immeuble. Ce geste familier relance la pensée automatique : elle ajoute à sa liste la réunion du syndic de la semaine suivante. Elle se demande à quoi elle pensait avant d'avoir un foyer, une famille, des enfants, comment elle occupait son temps. Elle se souvient avoir été autre en des temps différents. Ces souvenirs-là sont étrangement secs, ils ne tiennent parfois qu'à une image : elle se revoit, adolescente révoltée par l'humiliation qu'infligeait un professeur à un camarade de classe au lycée, transie d'amour pour cet inconnu à l'air intello qui prenait le bus tous les jours avec elle, dégoûtée par la résignation des adultes face aux guerres et à la faim dans le monde. Elle cherche la continuité, elle ne la trouve pas. Aujourd'hui, plus rien ne semble l'atteindre, pas même cet homme sans domicile fixe qui dort depuis quelques semaines au pied de leur boulangerie de quartier et qui, pour Mariam, fait maintenant partie du paysage urbain. Mariam ne voit plus rien. Elle est devenue adulte, indifférente… et avec l'âge sont arrivées les douleurs cervicales.

Le basculement lui échappe. Comment est-ce arrivé ? Pourquoi a-t-elle le sentiment d'avoir vieilli brutalement, d'être devenue comme ses parents, tels qu'elle les voyait adolescente et qu'elle inondait de reproches silencieux pour avoir abdiqué trop tôt, trop vite ? Elle se rappelle avoir toisé leur bonheur quand, après des années passées dans un HLM amianté, ils purent enfin s'acheter un pavillon avec un petit jardin en grande banlieue de Paris. Cette maison, c'était pour eux l'aboutissement d'années de déracinement et de travail, c'était la matérialisation, enfin, de cette vie meilleure pour laquelle ils avaient tout quitté. Pour Mariam, c'était une boîte à chaussures, laide et grise, flanquée en bordure de chemin de fer, qui menaçait de s'effondrer à chaque passage de RER. Aujourd'hui, elle se mentirait à elle-même si elle ne reconnaissait pas ressentir le même bien-être quand elle passe les portes de son bel appartement bellevillois. Quand est-ce que cela lui était arrivé, à elle ? Quand s'était-elle estimée satisfaite de sa vie confortable au point de ne plus chercher ni mieux, ni plus loin ?

Mariam pense à la naissance de Nina, à son entrée dans la maternité. Les premiers mois, elle avait été surprise : elle ne s'attendait pas à trouver tant de félicité à prodiguer les soins dont un nouveau-né a besoin. Elle aimait ne plus penser à rien d'autre, faire bon usage du moindre temps vacant, nettoyer les biberons, peler les légumes, congeler les petits pots pour la semaine. Assez rapidement, elle s'était sentie prise au piège de cette routine quotidienne, dépassée par quelque chose de plus grand qu'elle. Un ordre intérieur, indicible, lui dictait sa conduite sans qu'elle puisse en réchapper, pesait de tout son poids sur ses épaules, la rappelant sans cesse à sa responsabilité de mère, et l'inscrivait de force dans une lignée immémoriale de femmes. Mariam se retrouvait à faire ce qu'elle n'aurait jamais pensé faire, à singer sa mère et les autres, ses amies, devenues mères avant elle, qui ne parlaient que de leurs enfants, comme si plus rien d'autre ne comptait vraiment. Pourtant, elle s'était toujours dit qu'elle échapperait à la maternité dévorante, ne serait-ce que par son amour du travail. C'était un leurre. Le travail restait un monde imperméable à la famille, certes. Mais le reste du temps, celle-ci envahissait tout l'espace. Personne ne remettait cela en question, pas même Antoine qui ne voyait pas sa femme s'épuiser. Lui ne semblait pas avoir changé. Il était resté le même, dans son rapport nonchalant aux choses. Mariam lui enviait ce doux détachement qui lui garantissait un semblant de liberté.

Elle remonte le fil de ces dernières années, à la recherche du dernier moment où elle s'est sentie vivante. Ce passé récent lui apparaît comme une coulée de boue. Rien ne dépasse. Tout a rétréci par la force du temps, les émotions entières et brûlantes de sa jeunesse, les absurdités du monde, l'urgence et la nécessité de se réaliser pleinement. Son visage ne s'empourpre plus jamais. Les injustices glissent sur elle. Elle essaie de retrouver le temps où elle ne mettait pas l'avenir en liste de choses à faire mais où il s'exprimait en possibles et en rêves.

Les marches se succèdent sous ses pas. Mariam ne prend jamais l'ascenseur. C'est une pratique ascétique à laquelle elle s'astreint pour la forme physique, et, surtout, pour le moment de décantation qu'elle procure. À mesure qu'elle s'élève dans les étages, Mariam se fait plus légère, laisse les exigences du travail derrière elle pour accueillir presque fraîche l'énergie épuisante de ses filles. Que se serait-il passé si elle avait tout quitté pour rejoindre la révolution égyptienne, il y a dix ans ? Mariam y pense rarement mais quand cela lui arrive, une image s'impose à elle, celle d'une femme sans attache, probablement sans enfant, menant une existence faite d'engagements et de convictions – une existence qui se place un cran au-dessus des vies ordinaires et de leurs préoccupations quotidiennes. C'est peut-être ce qu'elle serait devenue, une avocate sans frontières dont la seule ambition serait de défendre les droits de ceux qui n'en ont pas. Cette autre imaginaire la séduit au point de la faire chanceler. Presque à contrecœur, elle freine son imagination, suspend l'esquisse de ce portrait idéal, par peur de comprendre qu'elle est passée à côté de quelque chose.

Il y a dix ans, comme le reste du monde, elle avait assisté en spectatrice incrédule au soulèvement égyptien derrière son écran d'ordinateur. Puis, quand la détermination de la jeunesse avait eu raison des cohortes policières, elle s'était enflammée. L'événement était terriblement inspirant. La révolution se déroulait sous ses yeux, annonçant avec elle la promesse d'un monde nouveau. Cette secousse collective réveilla quelque chose de très intime en Mariam. Des odeurs et des images lui revenaient, une saveur perdue qu'elle avait égarée quelque part dans sa mémoire, les mains fripées de sa grand-mère qui maniaient sans ciller les va-et-vient du hachoir sur les feuilles de *molokheyya*[1], le parfum du lapin bouilli dans l'appartement, la traditionnelle promenade ensuite qui venait clore le déjeuner du vendredi – elle et sa grand-mère arrivant main dans la main devant la boutique du marchand de jus de canne à sucre sur la corniche, et Mariam qui aspire à petites gorgées le liquide velouté et douceâtre en observant à la dérobée, moitié horrifiée, moitié fascinée, les dents gâtées du vendeur de boisson.

Alors que Tahrir s'embrasait, Mariam retrouvait, étonnée presque de l'avoir à ce point oubliée, la petite fille qu'elle était, qui passait tous ses étés dans l'air suffocant du Caire chez ses grands-parents et ses cousins. Les slogans révolutionnaires qui claquaient dans l'air comme des tirs de canon la faisaient frissonner d'émotions, d'espoir et de nostalgie mêlés. Elle redécouvrait une langue, sa langue, l'arabe qu'elle avait dédaigné trop longtemps, cantonnant son usage au strict espace clos de la maison familiale. Mariam ne connaissait rien à l'Égypte mais elle avait décidé de partir. Elle voulait goûter à cette glorieuse révolution, participer à sa manière, en sortir grandie, qui sait.

Mais il y avait déjà Antoine, les stages d'avocat avec, à la clé, peut-être, ce recrutement qu'on lui promettait

1. Herbe dont le goût se rapproche de l'oseille, également connue sous le nom de corète.

dans ce cabinet réputé de La Défense, cet appartement qu'ils voulaient acheter à Belleville, ce *projet d'enfant*, comme ils disaient. Il y avait aussi ses parents qui avaient quitté leur pays à la fin des années soixante-dix pour une vie meilleure au prix d'un douloureux arrachement. Mariam le savait : un retour en Égypte était une décision inacceptable, quelles qu'en fussent les circonstances. Son père ne l'aurait pas compris.

Mariam hésitait. Pendant de longues nuits, elle était restée sur le fil, à tanguer d'un côté puis d'un autre. Elle avait repris contact avec Amal, l'amie perdue par la force des choses et du temps qui passe. Amal avait répondu sans attendre : Viens, on va avoir besoin de bras, l'aventure ne fait que commencer ! Elle lui proposait de venir la rejoindre au Caire, de mettre ses compétences d'avocate au service de la cause révolutionnaire. Alors Mariam se décidait à partir ; elle était prête à parler à Antoine, faire ses valises malgré le chagrin qu'elle pourrait lui causer. Ça y était : elle allait lui taper sur l'épaule, le réveiller, lui dire que sa vie l'attendait ailleurs. Mais glissant son regard le long de son corps endormi et vulnérable, écoutant son souffle paisible, elle se rétractait, incapable soudain de soutenir son choix devant lui. Mariam n'envisageait pas une seconde qu'Antoine pût vouloir l'accompagner, vivre cette expérience révolutionnaire à ses côtés, ne serait-ce que quelques mois.

Le temps des atermoiements ne dura pas. Le premier épisode de la révolution égyptienne fut une affaire vite pliée. Sous la pression populaire, un conseil de généraux somma le dictateur de quitter le pouvoir au bout de dix-huit jours. Les médias regardaient déjà de l'autre côté de la frontière, où la Libye commençait à basculer. Quelques jours plus tard, la Syrie s'embrasait à son tour. Antoine s'était à peine intéressé au printemps égyptien. Les parents de Mariam n'y avaient jamais cru. En mars, un référendum donnait le pouvoir à l'armée pour piloter la transition. « *Depuis le début, c'est un fruit gâté, cette révolution* », avait prédit son père. Mariam était restée seule avec son élan contrarié. Elle avait renoncé. Elle n'en parla à personne.

La clé tourne dans la serrure. La porte s'ouvre sur les filles qui jouent dans le salon et aussitôt bondissent dans les bras de Mariam. Ses pensées s'envolent, restent en suspens derrière la porte qui se referme. Mariam n'est plus la priorité. Le pantalon de Nina est déchiré au genou. Mariam se dit qu'il faudra penser à l'apporter chez sa mère dimanche prochain pour qu'elle y mette quelques points.

## Ashraf

Ils dînent en silence, chacun à sa façon, tous les trois assis en tailleur sur une toile cirée déroulée à même le sol. Les mouvements de mastication laissent apparaître saillants les maxillaires d'Ashraf. Il a le regard dans le vague, un regard qui cherche à ne rien rencontrer sur son passage. Mohamed mange distraitement quelques morceaux de pain trempés dans du *hommos*. Kaouthar n'a pas d'appétit. Son cœur, son esprit sont retenus auprès de son frère, comme lui, gelés et meurtris.

La télévision est allumée, comme toujours quand Ashraf est là. Elle parle à leur place.

« *Sécurité intérieure maintenant: la Fête de la police et les menaces qui se confirment, les militants arrêtés ont parlé, ils préparaient un mouvement insurrectionnel sur la place Tahrir, ils espéraient réveiller les vieux démons de la sédition. Ces terroristes sont maintenant hors d'état de nuire, les mesures de sécurité ont été renforcées, les rassemblements de plus de dix personnes interdits, les lieux culturels et associatifs, certains bars et les rédactions du centre-ville fermés jusqu'à nouvel ordre.* »

Kaouthar regarde Ashraf. Elle se demande s'il pense, comme elle, à Halim. Halim, le frère de lutte d'Ashraf, son plus proche ami, un camarade intègre et généreux. Halim, le dernier des révoltés, encore debout malgré les dangers, malgré l'amertume qui ronge. Après le coup d'État, quand militer était devenu impossible, quand les membres de leur mouvement se déchiraient au point de dissoudre le Bureau, Halim fut le seul à poursuivre son idéal. Il reprit le bail du Bureau et ouvrit une organisation de défense des victimes de la violence de l'État. Le centre, connu en Égypte et reconnu à l'étranger, était une épine dans le pied du Maréchal et de son régime. Ils n'avaient pas encore osé s'y attaquer. Le complot terroriste annoncé, la rafle en cours, tout portait à croire que le moment était arrivé.

Kaouthar attend une réaction d'Ashraf, un sursaut, même infime, un haussement de sourcils, un rictus qui prouverait que ces années passées à se battre à ses côtés, aux côtés de Halim, ont compté pour lui. Rien. Ashraf ne lève pas les yeux de son assiette. À la fin du repas, il se met debout avec lenteur, et, comme tous les soirs, se dirige vers la cuisine pour s'y servir un whisky. Au début, il ne buvait qu'un verre ou deux. Maintenant, il emporte systématiquement sa bouteille avec lui. Elle lui tient lieu de compagnie jusqu'au bout de la nuit.

Alors qu'il est encore de dos, dans l'embrasure de la porte, un pied dans la cuisine, une main tendue en direction du placard où dort sa réserve, Kaouthar l'interpelle d'une voix plus aiguë qu'elle ne l'aurait voulu :

« Je pense à Halim. Toi aussi ? Tu n'as pas envie de savoir ce qu'il devient ?

— En quoi cela t'importe-t-il ? »

Ashraf disparaît dans le boyau noir. Il en ressort aussitôt, équipé pour la nuit, s'effondre dans le fauteuil en face de la télévision sans adresser un regard à Kaouthar.

Ils n'ont pas reçu de nouvelles de Halim – ni n'en ont pris – depuis des années, depuis ce soir où une dispute les a définitivement séparés, quelques jours avant le coup d'État, quelques jours avant l'arrestation de Hassan. Certains opposants historiques les avaient mis en garde. Ils avaient entendu mais ils n'avaient pas écouté. Ils s'étaient fait écraser par les appétits de plus forts qu'eux, par les militaires, par les Frères. Pris en étau dans un marché de dupes, les révolutionnaires avaient fini par s'entre-déchirer.

Comment auraient-ils pu échouer ? Ils avaient fait tomber un tyran que personne avant eux n'avait réussi à faire fléchir. Leur avenir, celui du pays, était un champ de fleurs sauvages, une friche à cultiver avec amour et justice. Il y avait bien quelques pierres ici et là mais la terre était fertile comme celle de l'Égypte, enrichie pendant des siècles du limon du Nil. Ils pensaient qu'ils changeraient le cours des choses, la nature du pays. Ils avaient fait fausse route.

Une fois l'ancien régime tombé, après l'épisode des tentes, ils s'étaient regroupés en un mouvement qu'ils avaient nommé Justice et Liberté. Halim, Ashraf et Kaouthar en étaient les initiateurs ; le groupe comptait une trentaine de participants actifs et des centaines de sympathisants. Un mécène discret avait mis un local à leur disposition en échange d'un loyer dérisoire. En fait de local, c'était un magnifique appartement dans un immeuble ancien du centre-ville avec une hauteur sous plafond vertigineuse, de larges fenêtres et un parquet plaintif. Une fois les clés en mains, ils découvrirent l'endroit avec timidité. Ils osaient à peine poser le pied sur les lattes brillantes. Jamais ils n'avaient vu un tel appartement, hormis dans les vieux films égyptiens des années cinquante. Kaouthar adorait ce lieu, qu'ils baptisèrent le Bureau. De longues soirées durant, ils y débattaient avec fièvre des grandes lignes à suivre. Les chantiers ne manquaient pas. Il fallait en même temps faire et apprendre, tout à la fois reconstruire le pays et se construire en tant que force politique, se définir en tant qu'êtres libres.

Halim et Kaouthar militaient pour un État protecteur qui prendrait soin des plus vulnérables. Un système de santé pour tous, de l'argent pour les écoles – l'éducation serait le premier chantier. Tous les deux avaient en commun l'expérience de l'arrachement. Comme Kaouthar s'était arrachée aux Frères, Halim s'était arraché au destin écrit pour lui par le régime. Il avait grandi dans une ville désolée du Delta, dans une famille de générations d'ouvriers, apparues depuis que l'industrie employait en Égypte. Comme son père et son grand-père, il aurait dû devenir manutentionnaire dans la cimenterie la plus proche et mourir à un âge précoce après quelques décennies de labeur, les poumons rongés de particules toxiques. Mais Halim avait compris très tôt qu'il fallait rompre le sort. Au plus loin qu'il s'en souvienne, il voulait partir, quitter cette terre où l'on exploite et tue pour trouver les armes et venger la mort précipitée des siens. Le droit serait son terrain de bataille. Après ses études, il avait trouvé une place dans un cabinet d'avocats au Caire. Il s'y était installé. Quelques mois plus tard, la révolution avait appelé.

Ashraf n'avait pas connu de tels virages. Il était né à Ezbet el Nahl, banlieue informelle dans le nord du Caire, là où il vivait encore aujourd'hui avec

Kaouthar et Mohamed. Sa mère, institutrice, aimait les livres. Elle l'avait initié à la lecture. Ashraf, qui se sentait à l'étroit dans le petit appartement familial, chérissait la liberté que la lecture lui procurait. Il avait dévoré la bibliothèque de sa mère, puis celle de l'école. Il avait repéré les lecteurs du quartier et trouvait toujours le moyen de se faire prêter de nouveaux ouvrages. Bientôt, sa collection personnelle dépassa en nombre d'ouvrages celle de sa mère. Il collectionnait les poètes arabes, les romans de Victor Hugo. C'est ainsi qu'il façonna son idéal révolutionnaire : liberté d'expression, liberté de culte, liberté de mouvement. Au fond, Ashraf était anarchiste. Il ne croyait pas en l'État, contrairement à Halim et Kaouthar. Mais tous les trois tenaient à cet équilibre. Ils aimaient la complétude que les débats conféraient à leur pensée.

Après le 25 janvier, le printemps arriva. Les manifestations continuèrent, hebdomadaires sur Tahrir, spontanées et journalières dans tout le pays. Le Caire était en fleurs et l'allergie à l'autoritarisme se répandait partout. Chacun, chacune, réclamait ses droits – les syndicats, les étudiants, les homosexuels. Un conseil militaire assurant l'intérim intervenait discrètement, laissant croire aux insurgés que le pouvoir leur appartenait ; pire encore, laissant croire à la population que la révolution avait eu lieu.

Kaouthar prit la décision d'écourter ses études. Son père aurait voulu qu'elle devienne médecin. Mais c'était un trop grand nombre d'heures à sacrifier à la cause. Et puis cette fonction lui semblait trop verticale. Elle préférait accompagner le mouvement en restant à sa hauteur. Les questions liées à l'intime l'intéressaient tout particulièrement. Là encore, la révolution lui avait ouvert les portes d'un monde dont elle n'avait pas conscience auparavant. Jamais elle n'avait pensé sa sexualité. La force du tabou pesait si lourd qu'elle avait toujours fait comme le reste de son entourage, comme si cela n'existait pas. Sur Tahrir, elle se mêla à un groupe de féministes révolutionnaires. Bientôt, sa sexualité prit le visage d'une gynécologue qui parlait librement de cunnilingus et de fellation sur YouTube. Kaouthar découvrit le plaisir féminin. Elle le pratiquait dans sa chambre, la nuit de préférence, quand elle était certaine que personne ne viendrait la déranger, et se caressait avec application, comme une étudiante qui veut apprendre vite et bien. Elle vivait ces moments de plaisir solitaire pour ce qu'ils lui procuraient, un fulgurant bien-être, mais aussi comme une répétition de ce qui les attendait avec Ashraf, ce moment où ils se découvriraient dans leur nudité et s'étreindraient pour de vrai. Kaouthar supposait qu'Ashraf se préparait de son côté, en se renseignant auprès de ses amis pour savoir comment faire quand cela arriverait. Un soir, un ami commun leur prêta sa voiture. Sans parler, ils filèrent sur les hauteurs du Moqattam. Cette falaise de calcaire qui domine Le Caire était le repaire des amoureux clandestins. Les couples non-mariés, les couples homosexuels s'y retrouvaient à l'heure du crépuscule pour s'aimer en toute discrétion. Quand ils arrivèrent, plusieurs voitures étaient alignées au-dessus de la ville immense. Certains couples marchaient en se tenant par le bras à la recherche d'un endroit où s'asseoir pour profiter des derniers rayons de soleil. Des nuées de pigeons paradaient à contre-jour dans le couchant. Les bruits de la ville se turent quand le chant des muezzins s'éleva dans le ciel flamboyant. Chacun assis sur son siège, Ashraf et Kaouthar se tenaient par la main. Un peu gênés, ils regardaient droit devant eux. Leurs têtes glissèrent, ils échangèrent quelques baisers furtifs puis s'embrassèrent plus longuement. Ils devenaient plus audacieux à mesure que la lumière déclinait. Ashraf passa une main sous le voile de Kaouthar, lui effleura délicatement le cou, les épaules, osant à peine s'attarder sur ses seins. Ils avaient fermé les fenêtres de la voiture. La musique poussée à fond faisait vibrer l'habitacle. Le soleil rasant était encore chaud. Kaouthar sentait la nuque d'Ashraf devenir humide sous ses doigts. Son souffle court trahissait son excitation. C'était délicieux mais Kaouthar en voulait plus. Elle voulait qu'Ashraf la fasse jouir, lui donne ce plaisir miraculeux qui l'embrasait et l'inondait à la fois et la forçait à se mordre la bouche pour ne pas crier quand elle se masturbait, seule dans son lit. Ashraf hésitait à descendre plus bas. Kaouthar s'impatienta. Elle lui prit la main et la glissa dans sa culotte. Ashraf rougit d'un coup. Ses yeux affolés ne savaient où regarder. Il ferma les paupières pour masquer son trouble, rejeta légèrement la tête en arrière. Kaouthar constata avec étonnement qu'il ne savait pas comment s'y prendre. Ashraf avait beau connaître des dizaines de poèmes érotiques par cœur, il était encore puceau. Il ne connaissait rien au sexe.

Kaouthar lui apprit ce qu'elle savait, trop heureuse de prêter son corps à la joie de leurs séances de travaux pratiques. Ils revinrent plusieurs fois au Moqattam et se découvraient toujours un peu plus, enchantés. C'est à cette époque que Kaouthar décida de devenir sage-femme.

Kaouthar et Ashraf se marièrent durant l'été. Ils étaient fiers de leur improbable alliance. Elle, fille de Frère, lui, révolutionnaire anarchiste, ils arrivaient de mondes parallèles voués à ne jamais se croiser. Le 25 janvier en avait voulu autrement, balayant les barrières invisibles. Leur couple était l'expression intime de ce qui s'était joué sur la Place. Ils étaient à l'image de cette fusion collective : un événement extraordinaire.

Ashraf disait souvent que le destin s'était joué de sa personne. Lui que ses amis appelaient le « Mécréant » car il blasphémait à tour de bras, lui, Ashraf, était tombé amoureux d'une croyante, pratiquante, et fille d'islamiste comme si cela ne suffisait pas.

« Cet amour qui me lie à toi, cette attraction irrépressible, c'est la preuve de l'existence de Dieu, répétait-il sans cesse ; alors, je le dis haut et fort : Dieu est le plus grand ! »

Naturellement, leur mariage prit la forme d'un banquet révolutionnaire. La noce eut lieu place Tahrir, à l'endroit même où ils s'étaient rencontrés quelques mois plus tôt. Ils dressèrent un chapiteau ouvert à tous ceux qui désiraient partager leur joie. Il n'y avait pas de règle de préséance. La famille, les amis étaient logés à la même enseigne que les inconnus. Les parents de Kaouthar ne se scandalisaient plus des originalités de leur fille. Les règles avaient changé. Quand bien même l'auraient-ils désiré, ils ne pouvaient s'opposer à ce mariage. Certes, Ashraf n'était pas un choix idéal – ils auraient préféré un gendre plus conforme à leurs attentes ! – mais le père de Kaouthar avait lu tous les romans de Victor Hugo et les adorait. Ce goût en commun constituait une base assez solide pour lui accorder la main de sa fille, et, peut-être même, établir des relations de confiance.

À la tombée de la nuit, les amis sortirent leurs percussions. Les invités heureux dansèrent la *dabke*[1] autour des mariés. On reprenait en chœur les chants révolutionnaires. On bénissait le couple, on souhaitait longue vie à la révolution. Au milieu de la nuit, Kaouthar et Ashraf s'enfuirent. Ils passèrent seuls le pas de la porte de l'appartement qu'Ashraf avait acheté avec l'aide de sa famille. Surplombant une étroite ruelle d'Ezbet el Nahl, le logement était certes exigu, mais bien agencé. La lumière y pénétrait en abondance par de larges fenêtres. La nuit s'acheva dans une pluie de feux d'artifice.

Les premières élections libres de l'histoire du pays furent annoncées pour l'automne. Pour la première fois, tous les murs du pays furent recouverts d'affiches électorales – des visages, avec ou sans moustaches, certains connus, les anciens du régime qui s'accrochaient à ce qu'il leur restait de pouvoir, d'autres novices, des femmes, certaines concourant avec les salafistes, leur visage étant conséquemment effacé au profit d'un dessin de rose ou de pâquerette.

Hassan, le frère de Kaouthar, se présentait aux côtés de la jeune garde des Frères. Tous les jours, il marchait à travers la circonscription, serrait des mains, tenait des

1. Danse de groupe qui se pratique traditionnellement lors des mariages et des fêtes.

meetings nocturnes auxquels une foule innombrable se pressait. Pour la première fois de son histoire, la confrérie avait le droit de faire campagne. Hassan triomphait avant même d'être élu. Les Frères avaient une avance considérable sur tous les autres candidats. Pendant des décennies, ils avaient joué à un exercice d'équilibre subtil avec l'ancien régime, louvoyant dans toutes les zones d'ombre possibles de la clandestinité. Officiellement, entrer en politique leur était interdit. Ils reportèrent donc leurs efforts sur l'action sociale et communautaire, bâtirent des hôpitaux et des écoles. La charité leur permettait de gagner du terrain au plus bas de l'échelle sociale. Le régime y trouvait son compte. Les Frères garantissaient un minimum de protection, écartant ainsi le risque d'un embrasement social. Quand la soupape islamiste devenait narquoise, prenait confiance et revendiquait publiquement ses succès populaires, le pouvoir lui tombait dessus à coups de matraque et d'arrestations. Ce jeu fonctionna des années, si bien qu'une fois le régime tombé, les Frères n'eurent qu'à ramasser les fruits de leur labeur, qu'ils voyaient enfin se transformer en dividendes politiques.

Les dîners en famille étaient houleux. Kaouthar querellait son frère, lui reprochant de s'être trompé de bataille, de profiter de la popularité des Frères aux dépens des demandes de la révolution. Hassan, soutenu par son père, tentait de lui faire entendre raison, ramenant sans cesse les révolutionnaires à leur impulsive jeunesse, leur manque d'expérience. Certes, ils avaient réussi là où tous les autres avaient échoué, mais que savaient-ils de la politique ? Que savaient-ils de la gouvernance d'un État, de politiques économiques, des règles du commerce international ? Kaouthar leur rétorquait sans relâche que cette jeunesse qu'ils jugeaient naïve avait su faire tenir ensemble des centaines de milliers de personnes sur une même place, garantissant à tous un accès aux services de base – du pain, du *foul*[1], des toilettes, une couverture, de l'électricité pour recharger les téléphones portables. Ashraf, bien souvent, ramenait la paix autour de la table à l'aide d'une citation ou d'une référence venant à propos. Ils finissaient par se rabibocher en fin de repas devant un plateau de thé fumant. Après tout, c'était ça la démocratie, chacun était libre de défendre ses idées. On verrait bien qui l'emporterait.

L'horizon s'assombrit d'un coup. Les révolutionnaires comprenaient que la situation leur échappait. Ils n'étaient plus comme avant encensés par les médias, ils ne recevaient plus la visite d'émissaires importants, du conseil militaire, des Frères ou même de l'étranger. Personne ne les consultait plus. L'armée, les islamistes,

1. Purée de fèves.

les survivants de l'ancien régime rassemblaient leurs efforts pour les mettre hors jeu.

Dès lors les manifestations recommencèrent. Sous forme d'émeutes. La rue Mohamed Mahmoud, qui faisait la jonction entre Tahrir et le ministère de l'Intérieur, devint le terrain d'une guérilla urbaine féroce. Les forces de l'ordre tiraient à balles réelles. Les insurgés – très jeunes, ils ne devaient pas avoir plus de vingt ans – trébuchaient dans leur fuite, tombaient dans les nuages de gaz lacrymogènes. Asphyxiés, piétinés, beaucoup ne se relevèrent pas. Ce fut au cours de cette bataille, que l'on appela par la suite la bataille de Mohamed Mahmoud, que Kaouthar découvrit qu'elle était enceinte.

Mohamed naquit au printemps, le printemps de l'an I du calendrier révolutionnaire. Kaouthar était comblée malgré la fatigue des nuits entrecoupées de pleurs et les responsabilités nouvelles qui lui incombaient. Mohamed était sa joie, son étoile, ce qu'elle avait accompli de plus beau dans l'existence. Il était le fruit de cet amour exceptionnel qui la liait à Ashraf. Sans le remarquer, elle prit de la distance avec le mouvement et les actions militantes. Ce léger pas de côté allait de pair avec un élan protecteur qu'elle se découvrait malgré elle. Avant d'être mère, elle s'imaginait faire la révolution avec son enfant. Mohamed serait celui qui transmettrait l'histoire de la révolution aux générations suivantes, et celui par qui le combat pour un monde plus juste continuerait. Elle en était convaincue. Maintenant qu'elle le tenait si petit dans ses bras, elle ne pouvait s'empêcher de frémir à l'idée de le voir affronter les coups et les tirs. Elle se demandait si elle arriverait un jour à le laisser partir et reconsidérait la résignation douloureuse de ses propres parents.

Ashraf tomba amoureux de ce bébé à la peau de parchemin à la seconde où il le vit. Il regardait, émerveillé, son fils dormir, gesticuler par réflexe comme seuls les nourrissons le font, chercher son pouce sans jamais le trouver. Ashraf le mesurait tous les jours, impatient de le voir grandir, de partager avec lui sa passion pour la poésie et la politique. Le soir, il lui récitait les poèmes contestataires de Sheikh Iman et d'Abû Nuwâs.

Kaouthar se masse les paupières de la paume des mains pour chasser ses souvenirs. Elle se sent si lasse. La prison, le froid, le calvaire de Hassan, la propagande bruyante l'ont épuisée. Alors qu'elle se lève pour aller se coucher, son regard s'arrête sur une étagère vissée au mur, couverte de livres. C'est la bibliothèque d'Ashraf. Kaouthar remarque pour la première fois la poussière accumulée et une fine toile d'araignée tissée sous l'angle du bois, à gauche. Ashraf ne lit plus. Elle l'avait toujours vu les mains occupées à feuilleter quelque ouvrage ou à tapoter des doigts une couverture cartonnée enfouie dans sa poche de veste. Ashraf ne lit plus : il a cessé de croire en la littérature. Kaouthar a soudain pitié de cet homme dont elle comprend la peine.

Elle voudrait rassembler son courage, le prendre dans ses bras, mais elle est distraite par Mohamed qui vient s'asseoir près de son père. Il s'installe là, devant la télévision, les jambes repliées entre ses bras. Une question le démange. Il se mord les joues. Avec la perspicacité de l'enfance, il devine qu'elle est problématique, qu'il vaudrait mieux ne pas la poser. Mais la curiosité l'emporte. Mohamed demande enfin d'une voix hésitante :

« C'est vrai ce qu'on dit à la télé, là ? »

Ashraf n'entend pas, perdu dans son whisky et dans l'écran de télévision. Mohamed lui pince le mollet. Ashraf beugle.

« أنت بتعمل ايه هنا ؟, Tu fais quoi là ?

— Ce qu'il dit, le gars, là, à la télévision, c'est vrai ?

— De quoi tu parles ?

— Il dit que les policiers sont courageux et qu'ils nous sauvent des terroristes.

— Eh bien quoi ?

— Ben, je ne sais pas ; à la prison tout à l'heure, ils n'étaient pas vraiment gentils, tu vois. Alors pourquoi à la télévision, ils disent ça alors que ce n'est pas vrai ? »

Ashraf contemple son verre de whisky. Il n'a jamais eu l'air plus fatigué que ce soir.

« On s'en tamponne, Mohamed. »

Mohamed se dandine, il tortille ses doigts, mais ne recule pas.

« Ben, je ne sais pas. Moi, je ne trouve pas ça gentil de faire ce que les policiers ils ont fait à خالو Hassan.

— Mais ton oncle, tu sais ce qu'il a fait pour finir en tôle ? Ta mère te l'a raconté ? On l'avait prévenu. Crois-moi, il l'a bien cherché.

— Pardon ? »

Kaouthar intervient, la voix pâle de colère. Debout, elle surplombe Ashraf toujours assis dans son fauteuil, tassé sur lui-même comme un vieillard. Ashraf n'ose pas lever les yeux vers elle. Il fixe toujours la télévision comme si quelque chose d'extraordinaire allait en sortir. Il se cramponne à son siège et répète à voix basse :

« Il l'a bien cherché. »

Le corps de Kaouthar plie d'un coup vers l'avant comme s'il vomissait les humiliations encaissées au cours de la journée. Sa colère éclate dans tous ses membres. D'un geste de la main, elle envoie balader les livres oubliés sur leurs planches. Les ouvrages volent dans un bruissement de feuilles. Cela ne suffit pas. Kaouthar empoigne un livre à terre, le jette de toutes ses forces contre la photo de leur mariage posée sur un petit guéridon. Le cadre tombe au sol et se brise. Ils sont maintenant debout tous les trois, Ashraf,

Kaouthar et Mohamed, paralysés par l'irruption de la violence qui, d'ordinaire dans cet appartement, agit en silence.

« Et toi, Ashraf, tu nous racontes ce que tu as fait ? La vie que tu mènes aujourd'hui, c'est ça que tu voulais ? Perdre tes jours et tes nuits devant la télévision, boire, c'est ça dont tu rêvais sous les tentes ? Sur les barricades, à Mohamed Mahmoud ? Combien d'enfants sont morts à Mohamed Mahmoud ? Tu t'en souviens ? Combien d'enfants qui avaient seulement quelques années de plus que Mohamed ?

— C'est la faute des tiens. C'est à cause des Frères que nous en sommes là.

— Après toutes ces années, c'est encore ce que tu rumines ? Tu n'en as pas assez de te cacher derrière les reproches ? Hassan, mon frère, est coupable de quel crime, dis-moi ? A-t-il mérité de passer sa jeunesse derrière les verrous ? Si les Frères étaient les seuls responsables, tu y croirais encore, Ashraf. Tu lirais des livres, tu défendrais cette liberté que tu aimais par-dessus tout. Tu te battrais aux côtés de Halim. “عايز تعرف رأيي ؟, Tu veux savoir ce que je pense ?” Ce n'est pas mon frère Hassan qui a soutenu le retour de l'armée. Ce n'est pas lui qui a fait semblant de ne rien voir quand l'armée a tué mille personnes – des femmes, des enfants –, en un jour. C'est toi, Ashraf. Tu t'es trompé. Tu n'as rien vu venir. Et ça te rend malade parce que tu t'es fait manipuler comme tout le monde. Tu voulais être quelqu'un qui compte. Regarde ce que tu es devenu : un déchet qui essaie de se convaincre qu'il a eu raison. Tu pourris sur place, Ashraf. »

Ashraf lève une main. Elle va s'abattre sur Kaouthar. Au dernier moment, elle change de trajectoire et atteint Mohamed en plein visage. L'enfant roule à terre sous l'effet du coup. Kaouthar se jette sur lui pour le protéger d'un éventuel retour de geste. Elle enfouit le visage en larmes de l'enfant au creux son épaule, lui parle à voix basse comme si un son de trop pouvait le blesser davantage. Quand elle relève la tête, la porte de l'entrée est ouverte. Ashraf est parti.

## Les carnets

On a éteint les lampes. Une seule est restée allumée, découpant un triangle de lumière douce dans la pénombre du salon. Depuis la cuisine, la radio raconte les nouvelles du monde en un fond sonore familier qui se mêle aux rotations du tambour de la machine à laver. Les filles sont au lit. Mariam se prépare une tisane qu'elle boit devant son ordinateur encore allumé. Antoine vient la rejoindre sur le canapé. Il se serre contre elle, l'enlace et, dans le même mouvement, lui raconte pour les carnets. Mariam se raidit imperceptiblement.

« Je ne me souviens plus bien de cette époque. J'étais mal dans ma peau. Je me cherchais, comme tous les adolescents, je suppose. »

Antoine lui rafraîchit la mémoire. Il lui dit ce qu'il a lu de cette jeune fille dont il ignorait l'existence.

La Mariam de seize ans était d'une gravité inouïe, douloureusement seule. Sa révolte s'exerçait partout. Elle était particulièrement virulente à l'encontre de ses parents à qui elle reprochait à peu près tout. Elle rejetait leur héritage, cette Égypte dont ils parlaient avec des sanglots dans la voix, cette langue qu'ils se refusaient à oublier et qui lui faisait honte parfois quand sa mère lui parlait arabe au supermarché. Souvent, le soir, à l'heure du dîner, son père partageait ses souvenirs – son arrivée en France, la dureté du premier hiver, les trois-huit chez Peugeot, la fierté de voir ses enfants parler et lire le français aussi bien que n'importe quels autres enfants. Il racontait toujours les mêmes anecdotes, de la même façon, ses mains guidant son récit comme un chef dirige son orchestre. Soudain il changeait de ton, menaçait : ses enfants, Mariam comme les autres, avaient intérêt à filer droit et à honorer les sacrifices consentis ! Il n'avait pas fait tout ça pour rien. Avec l'aplomb de ceux qui savent de quoi ils parlent, il disait souvent que rien depuis le temps des pharaons n'avait changé en Égypte. Les Égyptiens, il n'y avait rien à en tirer – des paresseux, des corrompus qui ne comprennent rien d'autre que les coups de bâton. Il était entendu que ses enfants n'y retourneraient jamais, jamais plus que pour de courtes vacances en tout cas. Cela ne l'empêchait pas, certains soirs, gagné par la nostalgie, de se mettre à entonner d'anciennes chansons d'Oum Kalthoum jusqu'à ce qu'un voisin ne vienne l'interrompre en tapant du poing sur le mur mitoyen. Mariam ne cherchait à comprendre ni les contradictions ni les exigences paternelles. Dans ses carnets, elle écrivait qu'elle n'en avait rien à foutre, que cela ne la concernait pas, qu'il pouvait bien se démerder avec son histoire. Sa plume était cruelle. Elle traitait son père de blédard et reprochait à sa mère son manque d'éducation, son illettrisme et ses longues tuniques qu'elle n'avait jamais pu sacrifier à la mode occidentale.

Mariam ne semblait pas trouver plus de réconfort au lycée. Elle n'avait pas d'amis. Aucun élève ne trouvait grâce à ses yeux, à moins que ce ne fût l'inverse. Elle n'était pas jolie, elle n'était pas brillante, elle n'était pas populaire – c'est en tout cas ainsi qu'elle se décrivait. Ses résultats scolaires étaient bons, sans plus. Elle n'attirait ni l'attention des professeurs ni leur sympathie. Cela l'arrangeait bien. Ce qu'elle voulait à tout prix, au creux de ce qu'on appelle l'âge ingrat, c'était qu'on arrête de penser à elle, et de penser pour elle. Rester invisible le plus longtemps possible était ce qu'elle recherchait. Elle était la seule élève, ou presque, *Française issue de l'immigration* selon la formule consacrée, de ce lycée privé catholique. Ses parents avaient choisi de l'y inscrire car ils voulaient protéger leur fille de l'atmosphère délétère des cités alentour. Au lycée comme ailleurs, Mariam pressentait les assignations rapides, redoutait un destin un peu trop vite fléché dans cette France qui se méfiait des Arabes. À seize ans, elle était déjà assez lucide pour observer un décalage entre les promesses promues par l'école et la réalité. Elle considérait que ses professeurs entretenaient une forme de mensonge à son endroit. Cela l'agaçait. Les beaux principes qui jalonnent l'histoire de la France moderne, l'égalité, la liberté et l'universalisme prétendus, s'ils étaient en théorie magnifiques, ne s'appliquaient pas à tous. Il suffisait d'avoir un patronyme égyptien, le teint cuivré même l'hiver et des cheveux rétifs au coiffage pour le savoir.

Parfois, Mariam retournait sa rage contre elle-même. Sous la douche, il lui arrivait de se frotter au gant de crin jusqu'à la griffure ouverte pour se défaire de cette *peau de l'origine*, comme elle l'appelait. Elle fermait les yeux, espérait l'impossible puis se cognait à son reflet dans le miroir, son corps lardé de marques rouges, et toujours arrivait à la même conclusion : on l'assignait au stéréotype. Quoi qu'elle fasse, quelle que soit la voie qu'elle choisisse de suivre, elle se sentait éternelle prisonnière.

Assez classiquement, Mariam avait trouvé refuge dans la lecture, et, Antoine le devinait, dans l'écriture. Tout ce qu'elle taisait, elle l'exprimait dans ses carnets. Son temps libre au lycée, elle le passait au CDI. Elle s'asseyait toujours à la même table, un petit bureau une place face au mur, coincé entre deux rangées d'étagères. C'était ici qu'elle avait découvert et adoré en solitaire Angela Davis et Frantz Fanon. Plus tard, à l'université, elle avait trouvé une famille avec laquelle partager ses lectures et où exprimer sans entrave sa colère qui ne désépaississait jamais. Elle avait été introduite dans ce collectif étudiant de Lutte pour la Palestine par Amal, une jeune Égyptienne venue étudier le droit en France. Elles étaient devenues proches, tractaient à la fac, couraient les manifestations alors que la deuxième Intifada commençait. Elles passaient de longues soirées ensemble. Mariam adorait Amal. Elle était captivée par son aisance de jeune femme bien née, issue de l'élite intellectuelle égyptienne, qui mêlait dans une même phrase des mots de français, d'anglais et d'arabe. Amal trouvait sa place en toutes circonstances et dans tous les milieux : il lui suffisait de formuler un compliment, de faire un trait d'humour, d'exhumer une citation bien trouvée : elle touchait toujours juste avec légèreté, sans que cela ne semble lui coûter la moindre énergie. Mariam ne s'en cachait pas : il lui arrivait parfois d'envier son amie.

Les récits de Mariam tendaient ensuite à s'espacer. Elle racontait la mobilisation contre la guerre en Irak en mars 2003, la mort de Yasser Arafat l'année suivante, sa rencontre avec Antoine. De cette histoire d'amour naissante, elle ne disait pas grand-chose. Elle écrivait que les mots lui manquaient pour raconter cet événement qui lui avait fracassé les épaules un soir de juin. Pour décrire Antoine, elle égrainait les adjectifs avec pudeur. Rêveur, doux, heureux d'être au monde étaient les qualificatifs qui revenaient le plus souvent. Quant à l'alchimie amoureuse, elle avait renoncé à comprendre. Elle l'éprouvait avec Antoine et cela la comblait.

À ce moment-là, Mariam interrompt Antoine.

« Tu veux écrire ma biographie ?

— J'ignorais à peu près tout de ton histoire avant qu'on se rencontre, sauf Amal que j'ai croisée quelques fois et vos récits de manifestation devant l'ambassade des États-Unis.

— Et alors ?

— Et alors ? Ça m'intéresse. Je t'ai lue pendant deux heures cet après-midi. J'ai l'impression de te découvrir aujourd'hui. Ton récit m'a terriblement touché.

— Tu as du temps à perdre, toi ! Mais enfin, c'était il y a vingt ans ! Je ne vois pas ce que tu peux trouver d'intéressant là-dedans. »

Antoine insiste, ravi de sa découverte, et de cette discussion. Mariam lui renvoie son sourire en miroir. Mais le sien, à elle, n'est rien d'autre qu'une échappatoire, une vaine tentative de fuite, qui échoppe sur la volonté d'Antoine.

« Je ne savais pas non plus que tu volais des livres !

— Qu'est-ce que tu racontes ?

— Mariam, arrête de dire que tu ne te souviens de rien ! Tu en parles, de ce livre volé, pendant plusieurs pages. Tu dis même ce que c'est ta première révolte ou quelque chose du genre. »

Mariam avait découvert Angela Davis en cours d'anglais. Le Mouvement des droits civiques pour l'obtention du droit de vote des Noirs américains et la fin de la ségrégation raciale aux États-Unis étaient au programme de terminale, brièvement abordé.

La professeure était une femme d'un certain âge, emplie de bienveillance à l'égard de ses élèves, même les plus récalcitrants. Elle avait décelé le mal à vivre de Mariam, la rage qui couvait sous son visage taiseux. Quand elle eut remarqué l'intérêt de la jeune fille pour le sujet, elle lui proposa après le cours de l'approfondir par quelques lectures et lui prêta le livre d'Angela Davis, *Femmes, race et classe*, dans lequel la philosophe militante exposait les mailles de la discrimination qui enferraient les femmes noires, indiennes et issues de minorités ethniques aux États-Unis.

La lecture de cet ouvrage fut pour Mariam une révélation. On lui donnait enfin des mots pour comprendre la complexité et la légitimité de sa colère. Elle n'était plus seule. Angela Davis avait changé sa vie. Pour la première fois aussi, une professeure lui avait tendu la main. Mariam en était profondément troublée. Quelqu'un avait deviné ce qui se jouait à l'intérieur d'elle, avec plus de discernement que Mariam elle-même. Le livre était une invitation à dire ce qu'elle avait dans le ventre. C'est ainsi que Mariam avait interprété le geste de sa professeure.

Mariam rêvait d'y répondre. Mais quelque chose qu'elle n'identifiait pas tout à fait résistait. Elle ne supportait pas l'idée d'exhiber les failles. Serait-ce de la bouderie adolescente, de la fierté ou son revers poisseux, la honte ? Mariam ne rendit jamais le livre à sa propriétaire. Elle sécha les derniers cours d'anglais de l'année. La professeure, qui avait peut-être compris, ne lui courut pas après.

De cet épisode, Mariam avait écrit dans son journal quelques pages bravaches, bien éloignées de l'événement tel qu'elle l'avait vécu. Son admiration pour Angela Davis avait réchappé à la réécriture. En revanche, la professeure était présentée comme une vieille conne qui avait essayé maladroitement de la comprendre. Mariam n'avait pas besoin de sa compassion – pis encore, de sa pitié à l'égard d'une petite Arabe solitaire. Elle n'avait besoin de l'aide de personne. Ce vol, elle le revendiquait comme son *premier geste de révolte*. Elle fit l'impasse sur ses atermoiements.

Aujourd'hui, vingt ans plus tard, alors qu'Antoine la plonge de force dans ses carnets, ce souvenir l'enveloppe d'une culpabilité obscure. Elle voudrait, tiraillée par l'envie de soulager sa solitude, raconter avec la légèreté qu'il mérite cet acte dérisoire, le vol d'un livre : *Si tu avais vu la tronche fendue d'angélisme de la prof, tout heureuse de tendre la main à une adolescente boutonneuse en souffrance !* Mais là encore, un sursaut d'orgueil mêlé de honte l'encombre. Ses pensées s'embrument. Elle retient sa parole, elle retient sa respiration, elle retient tout. Regarde Antoine droit dans les yeux.

« Je ne l'ai pas volé.

— On peut dire que tu ne l'as pas rendu, si tu préfères. C'est surprenant quand même, cette histoire. Tu te retournes contre la personne qui t'offre le livre qui va changer ta vie. Comme si tu lui en voulais d'avoir initié la rébellion en toi !

— Arrête !

— Détends-toi, Mariam. On ne parle pas d'un secret d'État, que je sache ! Pourquoi tu mens ?

— Je ne mens pas. Tu l'as déjà vu ce livre quelque part à la maison ?

— Justement, je me faisais la réflexion en lisant tes carnets à la cave. C'est curieux que tu sois passionnée par Angela Davis, par Frantz Fanon, et que l'on n'ait aucun de leurs écrits dans notre bibliothèque.

— Tu aurais pu me demander.

— Te demander la permission avant de lire ? Tu te moques de moi ? Ça fait des années qu'ils sont dans cette boîte, ces fichus carnets.

— Tu n'avais pas le droit.

— Tu aurais eu l'occasion de m'en interdire l'accès depuis tout ce temps, non ? Je n'ai pas pensé à mal en les lisant. Au contraire, je me suis même dit que tes carnets méritaient d'être enfin lus ! Ils attendaient leur lecteur et je suis arrivé. Enfin, Mariam, rigole un peu. Je ne comprends pas pourquoi cela te contrarie à ce point. »

Mariam se lève, des larmes coulent sur ses joues. Un gémissement lui échappe. Antoine essaie de la retenir par la main. Elle est déjà partie s'enfermer dans la salle de bains.

Antoine reste dans le salon, interdit. Il se roule une cigarette qu'il fume lentement à la fenêtre.

Quand il se met au lit, Mariam feint de dormir. Quelques mèches de ses cheveux dépassent de la couette, son souffle est lent et régulier. Antoine est indécis quant au geste à faire. Il finit par se coller contre elle.

« Je suis désolé, murmure-t-il. Je pensais qu'on pouvait en rire. Dis-moi si un jour tu veux en reparler. En attendant, moi, je n'en parlerai plus. »

Il repense aux ultimes pages du dernier carnet, qui l'ont particulièrement ému et dont il aurait voulu parler avec Mariam. Elles étaient consacrées à la révolution égyptienne. Mariam avait retrouvé l'écriture fougueuse de ses seize ans. Elle racontait le suspense inouï des dix-huit jours de soulèvement, l'héroïsme des jeunes Égyptiens, sa frustration d'assister à la naissance d'un monde idéal derrière son ordinateur. Puis elle avait cessé d'écrire au beau milieu d'une phrase, sa main comme retenue par une force invisible. Antoine avait été frappé par le vide de la page blanche comme il est déconcerté ce soir par le mutisme de sa femme. Il hasarde une question malgré sa promesse d'en finir avec cette discussion.

« Tu as arrêté d'écrire depuis ?

— Depuis quoi ?

— Depuis la révolution en Égypte. Ce sont les derniers mots de ton dernier carnet.

— Oui, j'ai arrêté.

— Pourquoi ? »

C'était la question qu'elle redoutait, en prévision de laquelle elle s'était retranchée dans la salle de bains. Elle savait qu'Antoine, sans savoir où il mettait les pieds, l'entraînerait sur ce terrain. Cette question, elle se l'était posée bien sûr, il y avait dix ans de cela, sans trouver de réponse. Comme elle avait renoncé à partir en Égypte, elle avait cessé d'écrire. Dans un paradoxe inexplicable, alors que la révolution égyptienne déliait les langues et rendait au peuple sa souveraineté, elle se retrouvait condamnée à l'impuissance et réduite au silence. Qu'est-ce qui a foiré, au fond ? Mariam plisse les yeux dans une grimace douloureuse.

« Et Amal ? Qu'est-ce qu'elle est devenue ? Elle est toujours là-bas ? J'avais oublié que vous étiez si proches. »

Dans l'obscurité, Antoine attend des réponses qui ne viendront pas. Au bout d'un moment, il embrasse Mariam sur l'épaule en signe de capitulation.

Mariam se dégage délicatement et se colle à l'arrête du lit. Elle serre la mâchoire pour contrôler la panique qui l'empêche de penser. Elle ne peut pas dire à Antoine à quel point il lui est insupportable de retrouver cette jeune femme qu'elle a abandonnée il y a des années.

## Le piège

Kaouthar se tient le cou rentré dans les épaules, les bras croisés sur la poitrine. Elle regarde par la fenêtre le brouillard et, en dessous, la rue qui commence à sortir de sa torpeur matinale. La lumière de l'extérieur est filtrée par un léger voilage blanc. Kaouthar ne bouge pas. C'est à peine si elle respire, attentive aux bruits et aux rares silences qui lui parviennent du dehors.

Ashraf n'est pas revenu depuis leur dispute d'hier soir. Kaouthar goûte le vide de son absence, qui, étrangement, l'allège au lieu de l'inquiéter. La veille, un poids écrasait sa poitrine comme si on lui avait rempli la bouche de terre. Ce matin, son corps remonte doucement à la surface des choses.

Mohamed ne dit rien de la gifle. Le regard craintif, il inspecte les pièces de l'appartement, soulagé de voir que son père n'est pas rentré. Kaouthar non plus n'est pas pressée de le voir revenir. Elle ramasse un à un les éclats de verre du cadre photo. Ce qu'elle redoutait depuis longtemps est arrivé : Ashraf est devenu un homme comme un autre, capable de lever la main sur son fils, peut-être bientôt sur sa femme. Face à la violence de l'État, il dégaine sa violence à lui, distribue des beignes pour rester debout. Kaouthar pousse avec le balai les infimes brisures dans une pelle à poussière. Elle n'a jamais aimé cette photo qui ne leur ressemblait pas. Ashraf trop solennel dans son costume sombre, Kaouthar trop figée dans sa volumineuse robe blanche. Pour une fois, ils avaient fait comme tout le monde. « ده مكنش أحسن حاجة, *Ce n'était pas à notre avantage* », remarque-t-elle en se débarrassant de la photo. Elle referme le couvercle de la poubelle et se frotte les mains, presque satisfaite.

À quel moment ont-ils cessé de croire aux belles histoires de la révolution ? Son dernier souvenir heureux remonte à la naissance de Mohamed, il y a huit ans. Puis il y a eu cette accélération vers la catastrophe, cet enchaînement funeste des événements sur lesquels ils n'eurent aucune prise.

À l'été de l'an I révolutionnaire, Mohamed avait quelques mois et les Frères avaient tout gagné. Ils régnaient sur l'Assemblée. Ils tenaient la présidence. La vague islamiste avait tout recouvert, sans scrupule et sans égards aux demandes révolutionnaires. Ils étaient arrivés. Mais les souvenirs des manifestations de janvier, des émeutes de Mohamed Mahmoud étaient encore frais. On osait encore parler de révolution. La chute du régime, on y avait cru, on y croyait encore. On était fiers aussi de ces élections libres, les premières de l'histoire de l'Égypte. Qu'importe que le peuple ait élu un âne, il se rendrait vite compte de sa méprise.

Mis à part les Frères eux-mêmes, personne ne voulait d'un pouvoir concentré dans les mains d'un clan. On ne voulait pas d'un nouveau régime à l'image de l'ancien. En quelques semaines seulement, l'assise populaire des Frères fondit comme beurre au soleil et se dilua dans le mécontentement. Les manifestations reprirent. La réponse fut violente, matraquée et gazée, létale parfois. Tous les vendredis soir, des millions d'Égyptiens pleuraient de rire sur les terrasses des cafés devant des écrans de télévision en regardant Bassem Youssef, dentiste devenu humoriste satirique – c'était ça aussi la révolution, moquer la stupidité, la lourdeur, le médiocre niveau d'anglais du président.

En famille, on n'osait plus parler de politique, de peur que les discussions s'achèvent en coups de poing. Hassan, le frère de Kaouthar, son partenaire de jeux, ses souvenirs joyeux dans une enfance grise, coupait les ponts.

« Ce n'est pas contre toi, ni même contre ton mari. Nous ne nous comprenons plus. Vous sapez tous nos efforts. Vous tournez notre président en ridicule. Je ne veux pas me disputer. Nous nous reverrons quand les esprits se seront apaisés.

— ريسنا Notre président, Hassan ? Tant que votre président se comportera en président de la confrérie, excluant le reste de la nation, rien n'ira droit. »

Kaouthar ne fit rien pour le retenir. À mesure qu'ils rassemblaient contre eux, les Frères s'enfermaient dans le conflit. Le ressentiment populaire était tel que les révolutionnaires commencèrent à penser que le temps d'une seconde révolution était arrivé. Un groupe de jeunes militants inconnus faisait circuler une pétition appelant à l'organisation d'élections anticipées. En très peu de temps, ils rassemblèrent un nombre impressionnant de signatures à travers le pays. Ils devinrent l'attraction des médias. On les voyait, invités sur tous les plateaux télé, interviewés par tous les grands journaux, y compris internationaux. Les révolutionnaires de la première heure voulurent en être.

Ashraf fut parmi les premiers à rejoindre les pétitionnaires. Il partait tôt le matin, revenait tard le soir, battait la campagne pour récolter des signatures, prêchait la nécessité du sursaut citoyen, exagérait l'urgence de la menace. Kaouthar et Halim le soutenaient de loin. Kaouthar partageait ses semaines entre

Mohamed et son travail. Elle avait trouvé un poste de sage-femme dans un centre de santé à Ezbet el Nahl et ne comptait pas ses heures tant elle se sentait investie d'une mission importante. Le reste du temps, quand elle pouvait confier son fils à sa mère, elle suivait les débats qui traversaient les cercles révolutionnaires sans pouvoir s'engager davantage. Halim doutait de l'indépendance de cette campagne qui semblait soutenue par de puissants réseaux liés à l'ancien régime. Tout fonctionnait trop bien, tout était trop facile pour cette nouvelle génération de révolutionnaires. Le silence de l'armée et de la police l'inquiétait.

Kaouthar sentait la sédition et la haine s'installer dans tous les plis de la société. Un soir, alors qu'ils s'attardaient à une terrasse de café dans le quartier de La Borsa, Kaouthar, Ashraf et leurs amis assistèrent à une bagarre qui vira au lynchage. L'endroit, peu fréquenté avant le soulèvement, était bondé. Situé à cinq minutes à pied de la place Tahrir, on y accédait en quittant les rues principales. Il fallait emprunter quelques passages étroits, se laisser guider par la musique et le glougloutement des pipes à eau. C'était ici, dans cette ruelle, adossés à un mur poussiéreux dont les graffitis appelaient à la liberté, que les révolutionnaires profitaient de la fraîcheur du soir. Le petit groupe attablé discutait de tout et de rien, surtout de la campagne en cours. Les mégots s'entassaient dans les cendriers. Mohamed s'était endormi, on l'avait installé sur deux chaises accolées. Des cris, des pas précipités sur la chaussée le réveillèrent. Un cercle mobile se formait, des hommes accouraient de tous côtés pour contribuer avec leurs poings, sans savoir pourquoi ils se battaient. Ashraf et Halim appelaient au calme. Kaouthar prit Mohamed dans ses bras, courut se mettre à l'abri dans le café. Elle entendait le bruit sourd des coups, les râles et les insultes, les pieds qui frottaient sur le sol. Ensuite, ce fut le silence. Un silence total qui lui parut durer trop longtemps. Un homme barbu était à terre, aux pieds de tous les autres. Un filet de sang sortait de sa bouche, rejoignant son oreille, ouverte. Un homme à la chemise arrachée et aux poings ensanglantés se penchait sur lui en souriant. « *Va te faire pendre, fils de pute de Frère ! Vous avez été élus, et alors ? On ne veut plus de vous,* ارحل *!, dégagez, bande de chiens !* » Pour conclure, il lui cracha au visage. Un marchand lui apporta un seau d'eau pour qu'il s'y lave les mains. L'homme passa son chemin, le poitrail en avant, fier d'avoir accompli son devoir, laissant l'objet de sa contrariété inerte derrière lui. D'autres l'applaudirent. Son adversaire défait ne bougeait toujours pas. Halim appela une ambulance. Il fut emporté à l'hôpital. Kaouthar ne sut jamais si le barbu se remit de ses blessures. Après cet incident, elle préféra rester à la maison avec Mohamed. Pour la première fois depuis la révolution, la peur d'être assignée à la confrérie était revenue.

Juin de l'an II arriva. La fin du printemps fut marquée par les coupures d'électricité, les pénuries d'essence, les queues interminables dans les stations-service, une exaspération générale proche de la crise de nerfs. Les Frères ne tenaient plus le pays. Une grande manifestation était prévue pour le 30 juin. Ashraf le criait haut et fort : il fallait descendre.

Le mouvement se réunit pour en décider collectivement. Tous s'installèrent autour de la grande table dans la pièce centrale du Bureau. Halim et Ashraf s'affrontaient, contaminés par l'ambiance vindicative qui régnait dans tout le pays. La dispute enfla, infectant tout le groupe, divisé entre les pour et les contre. Ceux qui voulaient descendre, Ashraf en tête, ne pouvaient plus supporter la politique des Frères qui utilisaient les vieux ressorts de l'ancien régime, le diviser pour mieux régner.

« Ils ont gouverné pour eux, dans leur propre intérêt, et maintenant ils pleurent parce que le peuple gronde ?

— Leur hypocrisie est à vomir !

— خانوا الثورة !, Ils ont trahi la révolution !

— Y ont-ils cru un seul instant ? »

Ceux qui, comme Halim et Kaouthar, appelaient à la prudence, à l'observation, rappelaient les faits du 25 janvier historique.

« Les hélicoptères de l'armée tournent comme des mouches au-dessus du Caire. Les policiers distribuent des tracts pour assurer la population de leur soutien. Ils seront là demain pour protéger les citoyens. Les familles peuvent descendre en toute sécurité. A-t-on déjà manifesté, protégés par la police et les militaires ?

— Comment peut-on avoir confiance en l'armée qui a mis en place des tribunaux militaires pour juger les révolutionnaires ?

— Les tests de virginité ? Ces viols commis par les militaires à l'encontre de nos sœurs de Tahrir, pour, supposément, les protéger de l'opprobre ? Qui a eu cette idée immonde ? L'armée, non ?

— Ces deux hommes retrouvés lynchés et pendus dans le Delta car ils étaient Frères. Est-ce la vendetta ou un monde plus juste que nous voulons ? »

Halim écarta les bras en geste d'apaisement. L'assemblée se tut. Le jeune avocat inspirait le respect. Jusqu'alors, ses interventions étaient toujours écoutées, quelles qu'en fussent les circonstances.

« Nos discussions me font craindre le pire. Nous sommes pris au piège. Depuis le début. Ils nous baisent depuis le début. Maintenant, c'est au tour des Frères. L'armée est en train de gagner.

— Tu ne crois pas ce que tu dis, Halim.

— Si, je le crois. J'en ai l'intime conviction maintenant. L'armée nous a baisés le 25 janvier.

"*Dictateur dégagé*", ce n'est pas nous. Ce sont eux. Ils se sont servis de notre colère. Ils recommencent aujourd'hui. Et nous, nous sommes trop cons pour nous en rendre compte. Demain, le peuple manifestera, et ensuite ? C'est tout le pays qui va s'enflammer. L'armée et la police laisseront faire car ils n'ont rien à perdre. Les Frères enverront leurs sympathisants qui se feront tirer comme des lapins. ! هتبقي مذبحة, Ce sera un massacre. »

Halim avait dit l'impensable. La révolution n'en était peut-être pas une. La révolution n'était peut-être qu'un vulgaire putsch. La révolution n'avait peut-être pas eu lieu. Ils n'étaient peut-être rien d'autre que de stupides pantins gesticulant au bout d'une ficelle.

Kaouthar avait les mains moites. Était-il possible que la révolution ne soit qu'une belle histoire dont elle se serait bercée ? Ce genre d'histoire que l'on se raconte pour se rendre la vie plus douce ? Et le sang versé, le chagrin des familles ? Les martyrs étaient-ils morts pour rien ? Les murs craquaient autour d'elle. Dehors, pourtant, tout continuait. Elle entendait le chant des oiseaux, les moteurs des voitures, le vendeur de gaz qui tapait sur ses bonbonnes avec une clé à métaux pour prévenir de son passage. Au loin, les hélicoptères bourdonnaient en zigzag comme des insectes ailés. Les premiers manifestants s'installaient sur Tahrir. Les tambours résonnaient déjà sur la Place.

Autour de la table, la belle alliance volait en éclats. On ne pouvait y croire. Halim devait être devenu fou. On l'accusait de semer le trouble dans les esprits, pire encore, on l'accusait d'avoir retourné sa veste. Un membre du groupe pointa son doigt vers Kaouthar en criant :

« C'est elle qui te met ces idées malades dans la tête. C'est elle, l'espionne à la solde des Frères. Pouvions-nous espérer autre chose de sa part ? Kaouthar est Sœur malgré tout ce qu'elle veut nous faire avaler. هي زيهم, Elle est comme eux, menteuse, fourbe, sorcière ! »

Kaouthar resta sans voix. C'était donc si grave. Jamais elle n'aurait pensé que la défiance, sûre d'elle, légitime au point de se faire calomnie à voix haute, pût prendre ses quartiers au Bureau. Halim avait raison. La violence verbale annonçait les poings. Pour la première fois depuis la révolution, on la renvoyait à cette construction fantomatique, les Frères, les traîtres tapis dans l'ombre. On la renvoyait à l'origine, sa famille, son clan. Pendant quelques secondes qui lui parurent durer des minutes, elle attendit en vain du soutien. Halim fut le seul à la défendre. Au milieu des cris qui viraient aux vociférations, il décréta l'assemblée suspendue et engagea ceux qui voulaient manifester à partir. Tous prirent la porte. Ashraf se tenait là, indécis. Son regard passait de Kaouthar à

Halim, un regard mêlé d'hésitation, de répugnance et de colère. Il hésitait à la défendre mais maintenant que tout le monde était parti, à quoi cela pouvait-il servir ? Au fond, il partageait les suspicions de son camarade. Il n'en était pas au point d'incriminer Kaouthar mais les Frères étaient allés trop loin. Ils devaient rendre au peuple ce qui lui appartenait. Il y avait des limites à ne pas franchir. Ils méritaient une bonne leçon. Ashraf tergiversait ainsi, mâchoires serrées puis, sans s'expliquer sur les raisons de son choix, choisit finalement de descendre.

La manifestation eut un succès inouï. On parlait de trente millions de participants, « *Un record inégalé dans l'histoire de l'humanité* », répétaient jusqu'à l'ivresse les journalistes. Le Maréchal prit son premier bain de foule. Lui qui avait toujours travaillé dans l'ombre, discret et besogneux, était à la tribune, chef d'orchestre de ce que les médias et le peuple appelaient déjà la deuxième révolution. Il faisait son entrée sur la scène publique et ne devait plus la quitter. Le lendemain, alors que la foule exultait encore sur Tahrir, certaine de la victoire à venir, l'armée posa un ultimatum de quarante-huit heures au président. Les Frères s'entêtèrent, sûrs de leurs droits. N'avaient-ils pas été élus par voie de scrutin universel un an auparavant ? N'avaient-ils pas remporté les premières élections libres de l'histoire du pays ? N'avaient-ils pas respecté les règles de la démocratie ? La légitimité qu'ils revendiquaient ne fit pas rempart. Deux jours plus tard, l'armée pénétra par la force dans le palais présidentiel. Le président fut emmené dans un lieu tenu secret. Les rédactions des médias jugés complaisants à l'égard des Frères furent mises à sac. Les dignitaires avaient interdiction de quitter le territoire. Ils furent cueillis chez eux en pyjama par les forces de sécurité. C'est à ce moment que Hassan, le frère de Kaouthar, fut arrêté. Membre du Parlement, il n'eut droit à aucun traitement de faveur, et se retrouva sans préavis ni mandat d'arrêt derrière les barreaux de Scorpion.

Ashraf n'avait pas quitté Tahrir. Le feu de la révolution l'avait repris. Juillet était un beau mois pour s'insurger. Il dormait à la belle étoile sur le terre-plein central de la Place, rêvant au monde meilleur qui l'attendait, à cette chance qu'il avait d'avoir participé à deux révolutions dans sa vie, à l'audace aussi qui le caractérisait. Quand Kaouthar lui parlait au téléphone, il semblait ne pas comprendre. Il justifiait les mesures prises par l'armée : il fallait prendre toutes les précautions nécessaires, face aux Frères on ne savait jamais, ils étaient capables de tout. L'arrestation d'Hassan ne l'inquiétait pas outre mesure. Ce serait l'affaire de quelques jours, le temps que tout rentre dans l'ordre. Cela ne saurait durer, assurait-il.

Les événements qui advinrent le contredirent. Le pays s'embrasa. Les partisans des Frères résistèrent, installèrent des sit-in dans les grandes villes du pays. Des familles entières furent parquées dans des bus, emmenées sur les lieux de rassemblement, parfois à des centaines de kilomètres de leur campagne. On leur promettait la victoire, de la viande et le salut de leur âme. Des visages d'hommes, de femmes et d'enfants criaient au scandale, appelaient au respect du vote et au retour du président dans une ambiance de fête et une odeur de mouton grillé. L'armée de son côté poursuivait ses efforts de propagande. La rhétorique changeait aussi vite que la course du soleil. Un jour, le Maréchal appela à l'union sacrée du peuple contre les sirènes de la sédition. Le lendemain, il annonça une fermeté sans faille contre le terrorisme. Le troisième matin, il demanda aux Égyptiens de choisir : « *Tous avec moi contre le terrorisme ou tous terroristes contre moi.* » Le piège dont parlait Halim s'était refermé. On ne parlait déjà plus de l'an II de la révolution. Le calendrier usuel avait repris son cours.

Après quelques semaines de discours haineux, et des Égyptiens chauffés à blanc sous le soleil du mois d'août, le Maréchal lâcha les chars. Cela arriva un matin d'été où les brumes de l'aube adoucissent les contours et les couleurs. Kaouthar fut réveillée par les hélicoptères qui volaient bas. Une colonne de fumée noire s'élevait au loin. Elle se mit à courir dans la rue à la recherche d'un taxi, de n'importe quel véhicule qui pourrait l'emmener sur le sit-in des Frères. Les rues étaient désertes, Kaouthar terrorisée par le silence. En quelques heures, les forces d'intervention spéciales de l'armée égyptienne tuèrent près de mille personnes. Des pères, des mères, des enfants que les Frères, pourtant conscients du danger, avaient envoyés au massacre.

Quand Kaouthar arriva sur le site, celui-ci était vide. Il ne restait du sit-in que des morceaux de bois et des bidons calcinés. L'odeur du plastique brûlé était suffocante. Des douilles de balles parsemaient le sol. Kaouthar piétinait la cendre et les débris. Les semelles de ses chaussures étaient lestées d'une boue visqueuse. Il lui fallut plusieurs minutes pour comprendre qu'elle pataugeait dans le sang. Elle courut, affolée, jusqu'à la mosquée.

Le carrelage était recouvert de cadavres. Kaouthar pouvait à peine poser un pied par terre. Son cœur se fracassait contre les os de sa poitrine. Le sang qui lui battait dans les tempes se mêlait aux coups de marteau qui brisaient la glace pour maintenir les corps au frais. Les mouches volaient avec excitation. Des hommes bombaient l'air de désodorisant pour atténuer l'odeur douceâtre de pourriture. Elle aperçut un bébé lové dans les bras de sa mère. Il était à peine plus grand que Mohamed. Sa peau avait la couleur du marbre.

Kaouthar releva le pli de sa robe et enjamba les corps. Elle essaya de se rendre utile autant que possible. Elle passa deux jours et une nuit à panser les blessures des survivants et à leur administrer, sous l'ordonnance d'un médecin, de puissants analgésiques et anxiolytiques.

Les médias égyptiens saluèrent l'efficacité de l'intervention militaire. L'armée avait démantelé en un jour seulement plusieurs nids terroristes. Ils avaient sauvé le pays d'une menace imminente. On ne pleurait pas les morts. On se réjouissait au contraire. Le visage du Maréchal fut placardé partout.

Kaouthar et Ashraf ne s'adressèrent plus la parole pendant de longs mois. Elle se réveillait toutes les nuits en sueur, ses rêves hantés par l'image de ce bébé à la peau bleue. C'est à ce moment qu'Ashraf commença à boire. Il ronflait, le sommeil imbibé de whisky. Le silence qui s'était installé entre eux était fait de reproches et de rêves salis. Kaouthar blâmait intérieurement Ashraf. Elle lui en voulait de s'être trompé. Plus encore, elle lui en voulait d'avoir laissé les autres membres du Bureau la traiter de Sœur comme si cela était une insulte. Elle découvrait avec dégoût qu'Ashraf était comme les autres. Il avait cédé à la folie collective.

De son côté, Ashraf s'enfonçait dans la rancœur. Il buvait pour apaiser les effets de l'échec sur son cœur et son esprit. Cet échec, ce n'était pas le sien, c'était celui des Frères. Tout était de leur faute. Ils avaient tout fait rater. Il s'en voulait d'avoir cru au rêve de l'union. Rien n'était possible avec les Frères, ils étaient trop fuyants, trop mesquins, trop imprévisibles. Ils agissaient selon des logiques de clan. Finalement, c'était une bonne chose de les voir à nouveau en prison. Il était révélateur que Kaouthar ne puisse l'entendre : elle était rattrapée par les liens du sang.

Parfois, une lucidité douloureuse pesait sur ses paupières closes. Et si Kaouthar avait raison ? Si sa fatuité de révolutionnaire avait aveuglé son discernement ? Si Kaouthar, Halim aussi, avaient été plus vigilants que lui ? Ashraf rejetait ces pensées dérangeantes aussi loin que possible. Jamais il ne reprit contact avec Halim.

Lui qui aimait tant la vie perdit peu à peu le goût des choses. On ne l'entendait plus chanter, on ne le voyait plus lire. La pensée désagréable revenait toujours, plus aiguë : il s'était trompé, oui, il s'était trompé ; il n'avait rien vu venir, lui qui avait attendu toute sa vie la révolution. Au cœur de la nuit, à l'heure où l'insomnie aiguise la conscience, il se disait qu'il aurait préféré n'en jamais faire l'expérience.

Les mois lavant sa colère, Kaouthar avait essayé de percer ce furoncle infecté, d'en faire sortir les remords, la douleur de l'échec, le poids des morts pour rien. Puis, face au mutisme destructeur de son mari, elle avait renoncé. Elle s'était efforcée d'oublier, de faire comme lui, de faire comme si la révolution n'avait jamais existé, sans jamais y parvenir tout à fait. Elle avait vécu plusieurs années ainsi, arrachée à elle-même, balançant entre désespoir et indifférence, jusqu'à ce fameux soir où Ashraf commit le geste de trop.

Trois jours et trois nuits plus tard, Kaouthar est toujours sans nouvelles de son mari. Elle décide d'appeler Halim.

## Avis de recherche

Seul dans le couloir, Antoine attend, assis, le dos courbé. Son regard se fixe sur des traces sombres qui zèbrent un lino blanc fatigué. Un néon encastré dans un faux plafond de liège aggloméré clignote dans un bruit sec.

Une femme en uniforme s'approche, l'invite à la suivre. Elle est désolée de l'avoir fait attendre. Agressions, accidents, le rythme est soutenu ce matin. Les équipes sont sur le pont. Elle referme derrière lui la porte en contreplaqué et lui désigne de la main une chaise où s'asseoir.

Antoine n'était jamais entré dans un commissariat. Comme dans les films, il s'attendait à un ballet d'inspecteurs nerveux écrasant des cigarettes à peine allumées dans un cendrier débordant de mégots, à un téléphone strident qui sonne en permanence, à des murs tapissés de photos de suspects en cavale.

À sa grande surprise, le bureau de la lieutenante Ibarra – Antoine déchiffre son nom, inscrit en petits caractères sur son badge – dégage une impression de tranquillité propre. L'étagère derrière elle est recouverte de plantes vertes florissantes. Seul le visage terne de la lieutenante reflète les permanences de nuit et les heures supplémentaires. Par la fenêtre, on décèle les premières lueurs du matin. Affable, elle lui tend un gobelet de café.

« Donc, vous venez signaler la disparition de votre femme, c'est bien ça ? »

Antoine confirme de la tête puis se lance dans le récit détaillé de la journée précédente. Mariam était partie au travail avant l'aube, comme tous les matins. Elle n'était pas rentrée le soir. Antoine avait tenté de la joindre plusieurs fois. Son téléphone était éteint et renvoyait directement sur le répondeur. Vers minuit, il s'était décidé à appeler un collègue, puis une amie de Mariam. Il se disait qu'elle était peut-être allée boire un verre. Son téléphone n'aurait plus de batterie ou peut-être l'aurait-elle perdu. Ni l'un ni l'autre ne l'avait vue. Personne ne savait où elle était.

La lieutenante prend note, concentrée sur le clavier de son ordinateur.

« Avez-vous remarqué ces derniers temps un comportement différent de la part de votre femme ? Des changements d'humeur, une tendance à se quereller ?

— Non, rien de particulier », s'entend dire Antoine. Les souvenirs encore frais de leurs vacances heureuses à la montagne lui reviennent. Mariam en était revenue reposée. Il omet sans y prendre garde la scène des carnets ou, plutôt, la vexation de Mariam – c'était ainsi qu'il avait nommé intérieurement l'événement, la veille de sa disparition.

« Bien. Votre femme a-t-elle des raisons de disparaître ? Des difficultés de couple ? De la violence à la maison ? Des ennuis au travail ? Des problèmes d'addiction ? Des dettes ? »

Antoine est formel et assure que tous ceux qui connaissent Mariam témoigneront dans ce sens. Ils mènent avec leurs deux filles une vie tranquille. Bien sûr, il leur arrive de ne pas être toujours d'accord, ils se disputent parfois pour des choses insignifiantes, comme n'importe quel couple. Dans le travail, Mariam a toujours tout réussi et continue de tout réussir. Elle a une force de concentration formidable qui ne semble jamais rattrapée ni par la fatigue, ni par les contingences familiales.

Antoine pense à voix haute. Non, Mariam ne suit aucun traitement. Elle n'est ni toxicomane, ni dépressive, ni suicidaire. À bien y réfléchir, il ne se souvient pas avoir jamais vu sa femme déprimée, sauf peut-être après son second accouchement. Ils avaient eu du mal à trouver leur rythme avec deux enfants. C'était il y a six ans. Cette mauvaise passe n'avait pas duré.

La lieutenante ne relève la tête que pour poser des questions.

« Votre femme passe-t-elle du temps sur les réseaux sociaux ?

— Elle a un compte Facebook, comme tout le monde. Mais de là à dire qu'elle y passe du temps…

— Est-elle de confession musulmane ? »

Antoine sursaute légèrement. Il ne s'attendait pas à cette question et se demande si elle a quelconque justification légale.

« Pardon, je ne vois pas l'intérêt de cette question. Ça relève de la vie privée, non ?

— Aucune piste n'est à mettre de côté, pas même l'option terroriste.

— On va clore cette piste tout de suite. Mariam a trente-neuf ans, elle a deux filles, elle est avocate au barreau de Paris, extrêmement bien rémunérée. Elle est musulmane par héritage, vous voyez ? Elle n'a aucune raison de rejoindre une organisation terroriste. Elle n'a aucune raison de disparaître tout court, d'ailleurs.

— J'entends votre inquiétude, monsieur. Nous allons ouvrir une enquête. Pourriez-vous me donner une photo de votre femme ? »

Antoine sort son téléphone de sa poche et sélectionne une photo récente et neutre, où Mariam se ressemble. Elle sourit, les joues biffées de jolies fossettes – à moins que ce ne soit d'élégantes marques du temps qui passe. Elle est dans le train, un magazine sur les genoux, visiblement extirpée de sa lecture par l'intrusion de celui qui prend la photo. C'est Antoine qui l'a photographiée sur le chemin des vacances. Voir Mariam comme ça, spontanément joyeuse, l'emplit d'une inquiétude froide qu'il avait jusqu'alors réussi à contenir. Mariam, si solide d'habitude, lui paraît soudain étrangement vulnérable.

Impassible, la lieutenante tapote toujours derrière son écran.

« Bien. Le signalement de votre femme va être transmis à tous les commissariats et les gendarmeries de France. Dans l'immédiat, un agent va récupérer les bandes des caméras de surveillance de la RATP. On vous tiendra au courant. »

Antoine a le crâne rempli d'une masse blanche qui l'empêche de penser dans le détail. Aller au commissariat lui semblait être la chose à faire. La démarche le rassurait. On allait s'emparer de son problème. Antoine espérait aussi, un peu naïvement peut-être, que le temps allait jouer en sa faveur, que Mariam reviendrait, ferait signe alors que les minutes s'écoulaient au commissariat. Antoine regarde son téléphone. Toujours rien.

« Qu'a-t-il pu lui arriver ?

— Personne ne peut le savoir, monsieur.

— Vous avez bien des statistiques ? Que se passe-t-il en général quand ce genre de disparition survient ?

— Ce peut être une agression. Mais, en général, on est très vite informé, surtout à Paris. Même à six heures du matin, il y a toujours quelqu'un pour témoigner.

— Ce qui veut dire ?

— Ce qui veut dire que ça peut être une disparition volontaire.

— Une disparition volontaire ?

— Oui. Demandez-vous ce qui a pu la pousser à disparaître, vous trouverez peut-être des réponses. »

La lieutenant Ibarra raccompagne Antoine avec flegme. Ni rassurante, ni alarmiste, elle fait son boulot, récolte les informations avec la distance que l'on attend d'un flic, jusqu'à la fin de la conversation.

« Et vos filles, où sont-elles, là ? »

Antoine les avait déposées à l'école avant de se rendre au commissariat. Les filles, habituées à ne pas voir leur mère le matin, ne s'étaient aperçues de rien.

« N'hésitez pas à demander de l'aide autour de vous. C'est pas mal d'être entouré dans ces moments-là. Surtout pour les petites. »

De retour à l'appartement, Antoine passe beaucoup de temps au téléphone. Il prévient parents, proches et amis. Il raconte en boucle le déroulement de ces dernières vingt-quatre heures, le téléphone de Mariam obstinément silencieux, sa déposition au commissariat. Les mots lui font du bien, ils conjurent l'inquiétude, ils dispersent le vide qui grandit autour de lui. Dans la journée, il appelle dix fois, vingt fois, trente fois Mariam en priant pour que quelqu'un décroche. À la recherche du moindre signe, il fouille méthodiquement le contenu de la tablette familiale, tente de se connecter à la messagerie de Mariam, à ses comptes en ligne, vérifie les paramètres de leurs abonnements communs.

Contrairement à ce qu'Antoine espérait, le temps n'est pas un allié mais un adversaire. Chaque minute qui passe est plus douloureuse que la précédente. Chaque minute qui passe et Antoine s'épuise à déjouer l'angoisse qui veut vaincre. Aux hypothèses les plus sordides, il oppose une soirée trop arrosée, une gueule de bois qui n'en finit pas, et Mariam, sincèrement désolée, qui devrait appeler d'une minute à l'autre. Mais Mariam n'appelle jamais, et, toujours, l'angoisse triomphe.

Comme s'il s'agissait d'une énigme dont la résolution renfermerait quelconque indice, Antoine se refait inlassablement le film de la dernière journée. Il pense aux carnets cette fois, mais sans s'y attarder. L'épisode lui semble dérisoire alors que Mariam n'est pas revenue chez elle, ni n'a donné signe de vie depuis près de trente-six heures.

À mesure que l'après-midi rejoint la nuit, Antoine est bien obligé d'écarter les hypothèses les plus rassurantes. La virée d'un soir ne tient plus, l'agression légère non plus. Daech ? C'est n'importe quoi, un fantasme de bas étage. Une crise de folie aiguë peut-être ? Ça arrive, bien sûr, et ça peut durer plusieurs jours, lui assure une amie psychiatre au téléphone, mais en général elles surviennent chez des sujets plus jeunes. Et puis, Antoine aurait remarqué des signes avant-coureurs trahissant une angoisse envahissante. Mariam en fuite ? Mais pour fuir quoi exactement ? Antoine pense à ce fait divers, ce père de famille en cavale depuis des années, acculé de dettes, soupçonné avoir tué femme et enfants que la police a retrouvés enterrés sous la terrasse du pavillon familial. Il s'était souvent demandé comment on pouvait garantir une telle étanchéité au sein d'une même famille. Un tel scénario serait impensable dans la sienne. Mariam est d'une nature secrète, elle ne s'attarde pas sur sa vie au boulot mais Antoine connaît tout de même quelques-uns de ses collègues, qui sont venus une ou deux fois dîner à la maison. Peu disciplinée quant à la paperasse administrative, elle entasse tous ses relevés de banque et autres documents dans le tiroir du meuble du salon. Si Mariam vivait dans le mensonge, Antoine s'en serait aisément aperçu.

Il lui semble au contraire qu'ils entretiennent tous les deux une confiance commune depuis le début de leur hiſtoire. Ils s'étaient rencontrés une nuit de printemps, il y a de cela dix-sept ans. Antoine ne se souvient ni du jour ni du mois exacts mais se rappelle avec précision des circonstances. C'était à l'occasion d'une soirée étudiante, organisée par un ami commun. Il a en mémoire le souvenir d'une cave enfumée, traversée d'une lumière glauque et habitée de corps qui dansent sur des rythmes commerciaux. Mariam était là, adossée contre le mur, entourée d'amis, d'admirateurs surtout.

Antoine ne s'expliquait pas comment une fille pareille pouvait avoir envie de le revoir, lui. Il se retrouva pourtant face à elle, quelques jours plus tard, pour un café anodin dans un bistrot près de l'université. C'était une journée gorgée de lumière, l'été s'annonçait. Ils étaient tous les deux en T-shirt, et Mariam frissonnait lorsqu'un nuage couvrait le soleil. Antoine était tombé amoureux.

Au début, il crut à une toquade. Il pensait que Mariam se jouait de lui. Elle était trop jolie, trop brillante, trop populaire auprès de ses camarades de lutte pour une Palestine libre. Antoine, à côté, passait complètement inaperçu, avec sa mèche nonchalante, sa disposition au bonheur tranquille, et ses ambitions qui se résumaient à l'époque à jouer de la guitare et à fumer des joints avec ses amis. Pourtant leur histoire durait. Et Antoine s'abandonnait à la béatitude. Aimer Mariam relevait du merveilleux, en être aimé, de l'extraordinaire. Antoine n'avait besoin de rien de plus.

Il la regardait bouger, parler, ses mains tricotant le fil invisible de ses pensées, sérieuse, attablée à la bibliothèque, le dos bien droit, parcourant sans faiblir les pages d'épais manuels de droit, attentive aux choses quand ils se promenaient, enlacés, dans les rues de Paris. Elle était toujours là où on l'attendait, offrant toujours un peu plus que ce qu'on attendait.

Quelques années plus tard, ils emménagèrent ensemble dans un petit deux-pièces vers Belleville, en contrebas de leur appartement actuel. Mariam venait d'être reçue au Barreau de Paris. Elle travaillait d'arrache-pied, si bien qu'elle fut embauchée après son premier stage par un cabinet renommé. Sa carrière d'avocate à peine lancée se révélait déjà brillante.

À l'aube de la trentaine, ils s'installaient dans la vie, pensaient avoir des enfants. Antoine ne se souvient pas qu'à aucun moment ils ne s'imaginaient un futur autre que celui d'être ensemble. Sur la rive Sud de la Méditerranée, la jeunesse et sa révolte étaient prêtes à écrire leur futur à la barbe de leurs dirigeants en fin de règne. De ce cri, Antoine n'entendit qu'un écho lointain auquel il s'intéressa assez peu. Mariam, en revanche, avait suivi avec fièvre les dix-huit jours du soulèvement égyptien. Antoine la regardait, électrique, faire les cent pas devant son ordinateur, dominée par la stupéfaction. « *C'est fou* », répétait-elle en boucle. Elle n'en disait pas plus. Puis, quand la loupe médiatique avait délaissé Tahrir au profit de sujets plus brûlants, le printemps arabe qui atteignait la Libye, la Syrie, l'explosion de Fukushima, elle avait naturellement décroché.

Deux jours ont passé depuis l'épisode au commissariat. Antoine est toujours sans nouvelle de Mariam. Ses beaux-parents se sont installés à la maison, bien décidés à rester jusqu'à ce que tout rentre dans l'ordre. Antoine voudrait avoir la force de leur dire que rien ne sera peut-être plus jamais comme avant. Mais lui-même n'est pas certain de pouvoir soutenir cette pensée qui, à force d'être mise de côté, se mue en une obsession qui revient sans cesse, et sans prévenir. Alors, il ne dit rien.

Les filles, à qui l'on ment, comprennent que quelque chose de grave se joue. Nina, comme son père, se mure dans le silence, sursaute au moindre coup de fil, guette les mots qui échapperaient aux adultes. Zoé s'engouffre dans la compassion muette de ses grands-parents qui lui cèdent tout ou presque. Infernale, capricieuse, elle offre aux adultes une occasion inespérée de distraction.

Antoine ne dort plus. Il se perd sur internet, multiplie les recherches de cas de disparition, établit ses propres statistiques qu'il compare aux chiffres du ministère de l'Intérieur. Cinquante mille personnes disparaissent en France chaque année. Il découvre que Mariam figure désormais sur le fichier des personnes recherchées, son nom accolé à celui de criminels internationaux, d'évadés de prison, de mineurs fugueurs et d'aliénés. Tout disparu est classé, son passé est réduit à une lettre selon une catégorisation bien précise. Mariam a sa place dans le classeur « Disparus », elle est fichée « D ».

Antoine panique à l'idée de voir sa femme réduite à une lettre majuscule. Dans sa tête, les images s'enchaînent sans qu'il ne puisse les retenir. Une représentation de cadavre apparaît, celui de cette joggeuse qu'on avait retrouvée assassinée dans les bois, à dix minutes à pied de son domicile. Le fait divers remonte à plusieurs années. Antoine n'en a aucun souvenir mais les voies mystérieuses de sa mémoire travaillent sans lui et font remonter à la surface des images du reportage télévisé qu'il avait vu ce soir-là. Il se rappelle alors avec une précision étrange de la photo de la jeune femme, les cheveux relevés en queue-de-cheval, quelques mèches blondes qui encadrent son visage puis d'un camion de pompiers aux gyrophares bleus et rouges, et du visage d'un avocat qui s'exprime face caméra. L'image a une odeur de mort.

Antoine se rue dans la chambre à la recherche d'un antidote contre la peur. Il arrache les vêtements de la penderie de Mariam, renverse les tiroirs. Un tas d'affaires gît au sol. Antoine attrape une chemise, y plonge la tête. Le parfum de Mariam est là qui s'accroche au tissu malgré les lessives. Il le respire longuement. Un chagrin dont il ne connaît pas la nature le gagne, disperse la panique. Antoine pleure, de longs sanglots lui secouent l'abdomen et lui déchirent la gorge. Il sait. Ce chagrin, c'est le chagrin du deuil qui arrive et auquel il doit se préparer.

Au matin d'une quatrième nuit sans sommeil, Antoine se dit que le reste de son existence ne sera plus qu'un souvenir. Une sonnerie de téléphone vient interrompre ses pensées. C'est la brigade de la répression de la délinquance contre les personnes.

« On a retrouvé votre femme. Elle a pris un avion ce matin pour Le Caire. »

Antoine n'écoute plus. Il fait enfin le lien. Devant les yeux paniqués de sa belle-mère, il part en trombe, dévale en caleçon et en T-shirt les escaliers de l'immeuble. Bientôt, il sent sous ses pieds nus le ciment froid et granuleux du niveau moins un. Il rage contre sa main qui tremble et peine à ouvrir le cadenas de leur cave. La porte s'ouvre enfin : la boîte est là, ouverte. Les carnets ont disparu.

Antoine donne un grand coup dans l'armoire qui s'effondre, déversant à ses pieds magazines et posters. Sa fatigue, son chagrin se sont envolés. Il remonte aussitôt, réanimé par la colère. *Mariam, comment peux-tu nous laisser dans une telle inquiétude ? Mariam, comment oses-tu ? Comment as-tu pu ?*

*Mariam, pourquoi ? Mariam, comment ?* Les questions se bousculent dans sa tête, lui-même bouscule sa belle-mère au passage qui le regarde comme s'il était devenu fou.

Il lui hurle dessus, incapable de retenir les insultes qui sortent de sa bouche. *Connasse, oui, connasse, sale ado, égoïste, irresponsable.* Le téléphone sonne une seconde fois. C'est encore la police. Antoine hésite, puis décroche. Une voix sans émotion lui dit que les enquêteurs ont épluché les opérations bancaires de Mariam. Elle a vidé son compte courant et s'est envolée avec dix mille euros en liquide. « Votre femme a préparé son départ », conclut la voix. Antoine ignore encore tout des motivations de Mariam mais une chose est déjà là, évidente et douloureuse : il est un homme trahi.

Il s'entend répondre sur un ton vidé de toute colère, maintenant froidement déterminé :

« Ça ne va pas se passer comme ça. Je vais la chercher. Elle reviendra. »

## Halim

Kaouthar colle son oreille au téléphone, le cœur battant. Elle redoute un refus. Et si Halim ne voulait pas lui parler ? Un « Allô » interrogatif est prononcé de l'autre côté. La voix est calme et familière. Kaouthar avait répété avant d'appeler mais le déroulement de sa pensée lui échappe. Les mots se précipitent dans sa bouche. Elle voudrait dire posément qu'Ashraf n'est pas rentré, qu'elle a besoin d'aide, du soutien d'un ami de confiance. Halim n'écoute plus. Il sait où la trouver et roule déjà vers Ezbet el Nahl.

Kaouthar repose le téléphone sur la table. Elle le regarde comme si elle découvrait soudain le pouvoir de cette petite machine. Il lui avait été tellement simple d'appeler Halim ! Son numéro était encore enregistré dans son répertoire. Une frontière invisible les avait tenus à distance pendant si longtemps : cette frontière, c'était elle, la discorde entre Ashraf et Halim, nourrie de colère et de rancœur froide, qui avait toujours empêché Kaouthar de prendre des nouvelles de celui qui, avec le temps, était aussi devenu son ami.

Lequel des deux, d'Ashraf ou de Halim, n'avait su pardonner l'autre ? Les deux amis avaient cessé de se voir ce soir funeste où, comme un rideau de théâtre, le crépuscule était tombé sur la révolution et avait pulvérisé leur amitié. La nuit avait annoncé la mort prématurée de leur mouvement dont les membres s'étaient dispersés dans le noir. Certains avaient répondu présents à l'appel de Tahrir. D'autres s'étaient repliés dans un endroit sûr pour observer de loin la catastrophe en cours, préparer l'après que les plus lucides osaient à peine esquisser en pensée. Ashraf avait gagné Tahrir. Halim était rentré chez lui. Ils ne s'étaient plus revus.

L'élan fratricide des Égyptiens avait profondément blessé Halim. Il découvrait chez ses compatriotes un goût du sang qu'il ignorait jusqu'alors. Gamin, il avait toujours connu les Frères de son quartier – le pharmacien, les camarades syndicalistes de son père, et d'autres encore. Il ne comprenait pas. Comment avait-on pu les transformer, en un été, en des moutons bons à égorger ? Le massacre était pour Halim un holocauste, comme l'avait été deux ans plus tôt un massacre de chrétiens rassemblés devant le siège de la télévision nationale pour demander les mêmes droits que les citoyens musulmans. Les militaires avaient tué pour leurs dieux, les généraux, afin que, dans cet Olympe bien gardé, rien ne change. Le jour du massacre, Halim avait vomi des heures, à plein d'abord, de la bile ensuite, puis plus rien. Ces nausées revenaient, lancinantes, les jours de promenade dans les rues du Caire, quand des relents d'égouts flottaient dans l'air.

Halim avait connu les nuits blanches, les journées creuses, les envies d'en finir quand il fumait ses cigarettes assis sur la rambarde de son balcon. La tentation du vide, le dernier saut comme seul recours. Une infinie tristesse l'avait envahi et ne le quittait jamais. Un jour, sans que rien de particulier n'arrivât, il comprit pourtant que sa clairvoyance était son alliée. Le temps du deuil était révolu. Halim n'avait plus rien à perdre sauf cette belle conscience, revenue de tout – des désillusions, des fâcheries, des meurtres. Il n'avait plus rien à faire ici si ce n'est se battre pour les droits des autres. Il resterait debout, irait jusqu'où ses forces, l'intégrité de son corps et de son esprit, lui permettraient d'aller.

On frappe à la porte. Halim est là, des sachets remplis de nourriture dans les bras. Une odeur de poulet grillé l'accompagne quand il entre dans l'appartement. Kaouthar reste les bras collés au corps. Une pudeur étrange la retient de le serrer contre elle. Une vieille voisine les regarde depuis sa porte entrebâillée. Kaouthar referme la porte sur son œil suspicieux.

Halim déroule une nappe sur le sol. Kaouthar dispose deux assiettes autour des plats en aluminium qui contiennent du riz parfumé et gras, des morceaux de poulet, de la sauce tomate encore fumante. Ils se montrent tous deux d'une timidité extrême. Avec lenteur, ils avalent la nourriture comme ils absorbent une à une les émotions qui les envahissent : la joie de se revoir, le chagrin de l'absence, l'étonnement, une cascade de « pourquoi ». « ليه استنينا كتير كده ؟, *Pourquoi a-t-on attendu si longtemps ?* » Au bout d'un moment, ils reprennent la discussion là où ils l'avaient laissée, le soir du coup d'État. Kaouthar raconte à Halim les circonstances de la disparition d'Ashraf, la dispute, la gifle. Son récit déborde. Elle retrace tout, ces années de résignation, de vie qui se perd dans les habitudes sans trop savoir comment elle a perdu la force de résister.

Assis dans le canapé défoncé, Halim a l'air d'un géant plié en deux. Ses genoux lui remontent jusqu'aux oreilles. Il écoute, le menton posé sur ses poings joints. Kaouthar continue. Elle énumère maintenant des hypothèses qu'elle réfute en même temps. Ashraf l'a peut-être quittée, abandonnant le domicile conjugal. Ces dernières années, il n'était plus que l'ombre de lui-même. Peut-être avait-il décidé d'en finir ? Ashraf n'avait pas peur de Dieu, il ne craignait pas de L'offenser en s'ôtant la vie. Mais avait-il envie de mourir ? Kaouthar n'en est pas certaine. Et puis on aurait retrouvé le corps.

Halim ne dit rien. Il détricote du bout des doigts les fils qui dépassent de la trame du tapis, les joues gonflées d'air qu'il expulse à petites bouffées. Il finit par l'interrompre.

« Kaouthar, Ashraf a disparu. C'est une disparition forcée et c'est la seule hypothèse qui tienne la route. »

Kaouthar sent sa nuque se raidir. Le mot « *aspiré* », qu'elle a découvert dans *1984*, se dessine sur ses lèvres. Elle le répète en silence comme si elle en saisissait le sens pour la première fois.

« Tu ne l'as pas vu depuis des années. On ne sait pas ce qu'il a fait ce soir-là, qui il a rencontré, ni même où il allait. Comment peux-tu en être sûr ?

— On me rapporte des centaines de cas de disparitions par jour, Kaouthar. Je ne serais pas venu aussi vite si j'avais cru à une bête dispute de couple. Emploie le conditionnel si tu préfères mais je te le dis, des gens disparaissent. Rien de bien nouveau, tu me diras : le phénomène existait bien avant la révolution, sous Nasser déjà. Mais, aujourd'hui, il est d'une ampleur inédite. C'est l'anniversaire de la révolution. L'anniversaire de la révolution les rend dingues.

Il réveille leur pire cauchemar, la défaite, les frocs marron. Tu te souviens ? On leur avait mis une sacrée raclée. Ils grimpaient aux arbres comme des chatons apeurés. Ils demandaient pardon, les genoux à terre. Ils sont prêts à tout pour ne jamais revivre ce jour-là.

— Mais pourquoi Ashraf ? Hier encore, il était assis là dans ce fauteuil à écouter les foutaises qu'on nous raconte à la télévision. Si tu l'avais vu ! Un peu plus et il applaudissait des deux mains !

— Il ne s'agit pas d'Ashraf. Je te parle d'une logique d'effacement à l'œuvre. A-t-elle été planifiée depuis le début ? Je n'en sais rien. Mais regarde derrière toi. D'abord, on monte une bonne partie du peuple contre un ennemi commun. On tire dans le tas. Ça élimine quelques indésirables, assouvit les désirs de vengeance et calme la rage populaire. Ça restaure l'ordre et la peur. On est respecté et craint. En même temps, on emprisonne tous ceux qui ne sont pas d'accord. Le premier cercle d'abord, les frères ennemis, puis leurs relais, les journalistes et, enfin, tous ceux qui crient au loup au nom du respect des droits humains, de la liberté, de la démocratie : en d'autres termes, nous. Voilà : en quelques mois, on a muselé tout le monde et on tient le pays. Ceux qui le peuvent partent. C'est souvent le cas des plus riches, ou au moins des plus éduqués – ceux qui, souvent, racontent l'histoire en cours : les intellos, les artistes, les journalistes.

Voilà : en un an ou deux, tu n'as plus personne. Tu as décimé une génération d'opposants, de parasites, de terroristes, nomme-les comme tu veux. Tu es content de toi mais tu t'inquiètes encore un peu. Alors tu fais disparaître ceux qui ont encore la force de déranger, ceux qui font chier – les révolutionnaires, défenseurs des droits de mes couilles, rien de bon tout ça, des pédés que personne ne viendra réclamer, pas même leurs parents. Au passage, tu rafles les sans-voix, les gueux, ceux qui ne savent même pas qu'au-delà de la vie, il y a des droits pour la régler et la protéger. Ça ne sert pas à grand-chose mais ça ne peut pas faire de mal. Et puis, ça nourrit les ambitions des médiocres, des flicaillons, des petits gradés qui ne sont là que pour permettre aux chefs de se croire importants : "Faites du chiffre"… la prime est au bout du bâton. Attrape, tape, et les biftons tomberont du ciel. En général, ils ne touchent rien mais ils ont l'illusion d'avoir du pouvoir. Ça les défoule. Ça leur fait du bien. C'est comme ça que ça marche. Personne n'est à l'abri. Qui pourrait les empêcher ? Les gens disparaissent en pleine rue, à la sortie de leur travail, derrière le portail des écoles, dans leur salon. Ils laissent derrière eux un geste, une parole en suspens, une porte qui grince, une clope qui se consume sur le rebord d'un cendrier, un livre ouvert au milieu d'un chapitre, un mari, une femme, des amis, des enfants. Certains sont des militants politiques, mais pas tous. Ils sont boucher, étudiant, pharmacien. Hier, une mère m'appelait pour me raconter que son fils a été attrapé à l'hôpital alors qu'il passait une radio des poumons. Elle n'a retrouvé de lui qu'une gourmette métallique, ses chaussures et le cliché de son thorax. Elle ne reverra sûrement jamais sa gueule mais au moins elle peut suspendre ses poumons dans le salon. Tu vois, Kaouthar, c'est ça, la logique d'effacement. Au début, c'était une immense vague, haute de plusieurs mètres, qui a détruit nos rêves et nos espoirs. Quand elle s'est retirée, on a cru que l'on pourrait reconstruire. Mais non : elle revient sous la forme d'un clapotis insidieux. Elle érode en silence ce qui nous appartient, nous sépare de ceux que nous aimons. Elle nous prend tout sans qu'on ne s'en aperçoive. Que reste-t-il de nous ? Les traces ont été effacées des espaces publics, les figures des martyrs de la révolution recouvertes par la gueule du Maréchal. La mémoire collective est tous les jours remaniée en profondeur. Qui sait encore que nous sommes venus au monde un 25 janvier ? Qui se souvient de ces dix jours de lutte ? Qui évoque notre glorieuse victoire à table ou dans les soirées ? Personne. Et ceux qui se souviennent, tu le sais comme moi, voudraient ne plus se souvenir. Ils pleurent chaque jour leurs camarades perdus et leurs rêves évanouis. La vie leur est devenue, nous est devenue, insupportable.

— Il y a une chose que je ne comprends pas, Halim : pourquoi continuent-ils ? Puisque nous voulons tous oublier, pourquoi ne nous laissent-ils pas vivre, seulement vivre ?

— Ils ne sont pas capables de s'arrêter. Ils ne connaissent que cela. Maintenir les têtes sous l'eau, glacer les consciences et les mémoires, faire en sorte que chacun d'entre nous n'ait d'autre réflexe que celui du chien aveuglé par les phares d'une voiture, rester pétrifié et se laisser docilement écraser sans un cri. L'enfer, avec les disparitions, c'est que la vie continue mais dans l'ombre des choses. Plus rien n'est tangible. On est aux prises avec l'inexpliqué, béant, qui offre un lot infini de scénarios. C'est ici que se loge l'espoir des gens maintenant, dans la possibilité toujours ouverte d'un retour miraculeux. C'est comme ça que le régime tempère les frustrations. Personne ne croit plus en une vie meilleure en Égypte. On espère juste rester en vie. »

Kaouthar s'est tassée sur elle-même comme une tortue dans sa carapace. Ils restent silencieux sans pouvoir se regarder.

« Que peut-on faire ? finit-elle par articuler.

— Ce que nous faisons tous les jours depuis des mois, avec mes collègues. Nous cherchons les disparus. On recense les disparitions de la manière la plus exhaustive possible : dates, lieux, identités, tout est consigné. On va frapper à toutes les portes – les prisons, les commissariats, les locaux d'Amn el Daoula[1], les renseignements militaires. La plupart ne s'ouvrent jamais. Mais, parfois, ceux qui ont disparu réapparaissent. On les retrouve dans le meilleur des cas auditionnés par un procureur général, en détention provisoire ; au pis, agonisant sur le bas-côté d'une route.

— Et moi ? Qu'est-ce que je peux faire ?

— Rien, je crois. C'est trop dangereux. Nous sommes considérés comme un bureau d'avocats, et, à ce titre, nous sommes, disons, protégés jusqu'à un certain point. Il n'empêche. On cherche à nous intimider par tous les moyens. Ces derniers temps, les faux procès sont à la mode. Toutes les associations de défense des droits humains y passent. On nous accuse de travailler à la solde de pays occidentaux. Le parquet m'a convoqué il y a quelques jours. Je suis interdit de quitter le territoire. Un procès doit avoir lieu dans quelques semaines.

— Qu'est-ce que tu risques si tu es reconnu "coupable" ?

— Plusieurs années de prison pour atteinte à la sécurité nationale. Mais ce n'est pas moi qu'ils veulent. L'anniversaire de la révolution les fait tellement flipper, qu'ils verrouillent tout ce qu'ils peuvent verrouiller pour nous empêcher de faire des vagues.

— مين هم دول ؟, C'est qui, *ils* ?

1. La Sûreté de l'État.

— On ne sait pas vraiment. C'est tout le problème. C'est la même chose avec les disparitions. Y a-t-il quelqu'un qui les ordonne, les orchestre, les décide ? Je n'en suis pas certain. Le système va plus loin dans l'horreur que l'imagination de ses bourreaux. Ils sont dépassés par leurs propres fantasmes. Pour être honnête, je crois que personne ne contrôle plus rien. Alors, imagine-toi, seule, te battre contre cette pieuvre géante aux gestes imprévisibles ? Mohamed est encore jeune. Il ne faudrait pas qu'il t'arrive quelque chose. »

Kaouthar ne répond rien. D'un geste mécanique, elle attrape les assiettes et les restes qui traînent sur la nappe, s'exécute, fait ce que le monde attend d'elle, y compris Halim qui la renvoie à ses responsabilités de mère. La vaisselle faite, elle reste le haut du corps penché sur l'évier d'où une eau tiède et sale s'échappe en volutes par le siphon pour ressurgir quelque part à l'angle d'une rue voisine. Dans la vapeur lui embue le regard, Kaouthar maudit son impuissance.

« Je suis fatiguée de ne rien faire. حاسة اني عجز, Je me sens si vieille. »

Elle essuie d'un revers de manche ses yeux emplis de larmes.

## Amal

Antoine est planté au milieu du trottoir, les bras imbéciles. Les passants n'essaient pas de le contourner. Au contraire, ils le percutent sans état d'âme. Son corps semble aimanter les autres, encaisse les coups d'épaule, les coups de hanche. Au ras du sol, des enfants courent et chahutent, lèchent avec gourmandise leurs doigts luisants de glace fondue, le cornet déjà en bouillie dans leur bec réjoui. À la même hauteur, des grands-pères sont assis sur de frêles tabourets en plastique, adossés contre les murs sales. Ils regardent la rue d'un œil impavide et crachent des coques de graines salées qui atterrissent sur le trottoir en guise de commentaire. Antoine regarde droit devant lui. Il voit des jeunes filles qui se tiennent bras dessus, bras dessous, de massives poupées aux lèvres rose bonbon et aux yeux fardés de couleurs qui s'arrêtent avec sérieux devant des vitrines remplies de lingerie exubérante. Suivant des diagonales invisibles, des jeunes hommes aux cheveux gominés marchent vite, se tapent sur les cuisses, dans les mains, rient, aspirent avec force, les joues creuses, la fumée de leur cigarette avant de la recracher dans un souffle qui se veut aussi viril que possible.

Tous savent comment se déplacer, quelle trajectoire emprunter dans ce chaos familier. Tous sauf Antoine qui, toujours immobile, n'a pas le mode d'emploi. Il voudrait quitter cet angle de bitume où il semble condamné à rester pour toujours. Au prix d'un grand effort et de multiples contorsions, il finit par rejoindre un mur auquel il se cramponne. Il avance ainsi, crispé, le long de Talaat Harb, l'une des artères les plus vivantes du centre-ville du Caire, dans le fracas des klaxons et les cris nasillards des vendeurs ambulants. Devant lui, la perspective de deux lignes d'immeubles se font face. Entre les deux, le sol fourmille à l'infini.

Il est stupéfait par le peu de considération que l'on semble accorder aux bonnes manières, effaré même par ces bouches ouvertes qui mastiquent et qui vocifèrent en même temps. Ça postillonne et mollarde partout. Son regard s'arrête sur les pieds nus dans les sandales en plastique malgré le froid de janvier qui foulent les détritus et la poussière, vaguement dégoûté par le noir et la crasse incrustés jusque sous les ongles.

Son beau-père n'avait pas exagéré : Le Caire est une jungle où l'on s'emploie pour l'essentiel à survivre. Antoine n'avait pas eu le temps de s'y préparer. Il ne connaissait l'Égypte que par la voix de Mariam et ses récits épars de vacances passées là-bas, enfant. Elle racontait l'air étouffant l'été, la poussière qu'elle regardait danser dans les rayons de lumière qui pénétraient entre les volets de la chambre, le tournoiement incessant du ventilateur alors que les gosses mangeaient des chips devant la télévision toujours allumée, cette odeur écœurante de mazout et d'huile qui montait de la rue jusqu'aux terrasses des immeubles. Ses grands-parents habitaient le quartier des garagistes, derrière le bâtiment de la radio et télévision nationales. Le soir, tout ce petit monde allait se promener le long de la corniche à la recherche d'un peu d'air frais. Un cousin réussissait toujours à chiper au vol un de ces sacs plastiques transparents qui flottaient en grappe au-dessus des épaules des marchands et qui renfermaient un trésor cotonneux et sucré. Rassemblés en un cercle serré alors que les grands-parents regardaient ailleurs, les enfants se partageaient alors le butin, pinçant les fils de la barbe-à-papa déjà recroquevillée sur elle-même sous les coups répétés des doigts gourmands. Certains soirs, il leur arrivait même de louer un de ces bateaux à moteur aux guirlandes clignotantes. Mariam adorait ces escapades à ras de Nil. Le fleuve lui semblait aussi large qu'une mer. Ses eaux noires avaient une odeur de gadoue et tenaient à bonne distance la rumeur de la ville. Ils étaient seuls, Mariam, ses grands-parents et ses cousins, à regarder s'éloigner le monde depuis le pont clapotant du canot. La fête pouvait alors commencer. Le pilote poussait sa sono à fond. Mariam sentait les planches vibrer sous ses pieds nus. Électrisés par le son saturé, presque douloureux, les gamins dansaient comme une harde de feux follets. Mariam tournait sur elle-même, la nuque renversée, le regard accroché au croissant de lune qui se découpait dans le ciel violet. Les lumières des grands hôtels n'étaient plus des points évanescents sur le rivage mais des lignes continues qui zigzaguaient autour d'elle, s'enroulant presque autour de son corps. Mariam tournait jusqu'à s'en étourdir. Puis elle se laissait glisser, lentement, jusqu'à ce que son dos épouse le fond du canot. Elle restait là, les yeux fermés, grisée par la musique et la danse, caressée par le souffle du fleuve qui, lentement, l'aidait à recouvrer ses esprits.

Un été, subitement, Mariam ne trouva plus aucun charme à l'indolence de ses séjours au Caire. Elle avait onze ans, elle quittait l'enfance et, avec elle, disparaissait le goût de l'Égypte. Les menus détails de son quotidien, la poussière, les odeurs de transpiration, la promiscuité avec ses cousins qu'elle trouvait maintenant envahissants et mal élevés, l'insupportaient.

La mort de sa grand-mère acheva de rompre ce lien abîmé. Antoine n'en savait pas plus. Mariam ne s'était jamais attardée sur le sujet. Adulte, elle n'y retourna pas. Ni seule, ni accompagnée.

Toujours accroché à son mur, Antoine tente de rassembler ses esprits. Les souvenirs de Mariam sont les seules informations dont il dispose. Si seulement elle avait bien voulu lui en dire plus, le prévenir de l'agitation folle de la ville, lui parler des punaises qui occupent les matelas des hôtels ou simplement lui dire comment commander un sandwich ! Mais non. Elle était partie sans un mot d'explication, laissant son mari et ses filles en proie aux pires doutes.

Les parents de Mariam étaient restés sans voix en apprenant la fuite de leur fille. Le père avait donné un coup du plat de la main sur la table de la salle à manger avant de s'asseoir, les yeux dans le vague, abasourdi. Antoine n'avait rien pu en tirer. Il était resté prostré ainsi toute la soirée, le menton tremblotant comme s'il marmonnait on ne sait quoi. Mis à part quelques locutions au divin prononcées en arabe, rien de substantiel ne sortit de sa bouche. Après avoir couché les filles, la mère de Mariam prépara un café bien fort. D'une voix basse, camouflée par le tintement de la cuillère que l'on tourne dans la tasse, elle s'ouvrit à Antoine.

« Qu'est-ce qui lui a pris ? Elle parle l'arabe comme un âne qui aurait avalé un chardon de travers. Je ne comprends pas. L'Égypte, elle ne l'aimait pas. Elle ne voulait plus y aller. Qu'est-ce qu'elle cherche là-bas ? Abandonner ses filles, son travail, tu te rends compte ? »

Antoine allait répondre. Il fut interrompu par les grommellements du père, toujours accoudé dans la salle à manger.

« Regarde-le, le malheureux ! Ça lui fait tellement mal. Sa propre fille ! Elle détruit en un jour ce qu'il a construit en cinquante ans. Tu te rends compte, Antoine ? »

Non seulement Antoine ne se rendait pas compte mais il comprenait subitement qu'il ignorait tout ou presque de cette histoire familiale dont Mariam parlait si peu. Après un temps de silence, la mère de Mariam poursuivit comme si elle se parlait à elle-même.

« D'un côté, je ne suis pas surprise. Mariam, je n'ai jamais su.

— Qu'est-ce que tu n'as jamais su ?

— Je n'ai jamais su. Je veux dire : j'ai toujours crié sur ses frères. Ils n'écoutaient rien, ils n'obéissaient pas. Des voyous. Mariam, non. Elle était sage. Elle faisait comme je disais. Mais je voyais bien quand elle n'était pas d'accord. Parfois, elle me regardait avec cet air presque méchant, si détaché que ça me faisait mal, comme si elle me jugeait. Je n'ai jamais su ce qu'elle pensait, en vérité. »

Ces paroles prononcées sur le ton de la confession ne surprirent pas Antoine. Il se souvenait avec précision des écrits de Mariam et des mots cruels qu'elle usait à l'égard de ses parents. Il connaissait aussi les volte-face glaçantes dont elle était capable. Ces mouvements d'humeur étaient aussi fugaces que terribles. Mariam pouvait être très susceptible sur certains points. Il suffisait parfois qu'Antoine dise un mot de trop sur sa manière d'être ou de faire telle ou telle chose et les pupilles de Mariam se resserraient d'un coup en un trou noir aux bords aussi aiguisés qu'une pointe de couteau. Ce n'était pas vraiment de la colère, c'était un sentiment plus sombre, difficile à identifier – une espèce de mépris froid, d'autant plus difficile à reconnaître que Mariam gardait pour elle ce qui la contrariait. Antoine sentait alors qu'il avait commis une maladresse mais était bien en peine de savoir laquelle. Plus il questionnait, plus Mariam semblait hors d'elle. Souvent, Antoine songeait qu'elle était contrariée par le fait d'être perçue contrariée, comme si l'image idéale qu'elle se faisait d'elle-même ne permettait pas un tel dévoilement. Elle ne perdait jamais longtemps le contrôle. L'éclair de fureur disparaissait aussi vite qu'il était apparu et l'on passait à autre chose.

En revanche, la question que posait la mère de Mariam, « *Que sais-je de ma fille ?* », atteignit Antoine au cœur. Que savait-il de sa femme ? Hier, il aurait dit, sans l'ombre d'un doute, qu'il formait avec Mariam un couple solide, complice, qui, malgré quelques accrochages parfois, avançait dans la même direction. Aujourd'hui, il ne savait plus quoi en penser. Au fond, il n'était plus sûr de rien.

Antoine se sent diminué, soudain très petit à l'échelle du Caire qui s'étend sans limite. Sur ces membres et le long de son dos, des boutons rouges, stigmates de sa nuit passée avec les punaises, le démangent terriblement. Mariam le malmène comme cette ville le bouscule. Il n'a pas le choix. Amal. Il doit retrouver Amal, en faire son alliée. Amal, l'amie des années étudiantes, qui, dans un retour fulgurant du passé, a crevé la toile de leur présent, à Mariam et lui. Antoine pressent – peut-être parce qu'il n'a pas d'autres pistes – qu'Amal a quelque chose à voir avec la disparition de Mariam. Il fouille dans sa mémoire à la recherche d'indices. Rien de précis ne remonte. Mariam la lui avait présentée, au début de leur relation. Son amie la plus proche, une chouette fille, lumineuse, généreuse, engagée. Antoine l'avait trouvée sympathique. Elles se voyaient sans arrêt, quasiment tous les jours, toutes les deux très impliquées dans leur groupe militant. Il leur était arrivé d'aller boire quelques verres tous les trois. Puis, par un mystère qu'Antoine ne put s'expliquer, la relation entre Amal et Mariam s'était peu à peu distendue à mesure qu'elles quittaient la vie estudiantine, entraient dans un quotidien rythmé par le travail, les transports, qui laissait moins de place aux engagements militants et aux sorties nocturnes. Amal était rentrée en Égypte pour y être conseillère juridique dans une organisation de défense des droits humains. Antoine se souvenait qu'elles s'étaient appelées quelques fois quand Mariam s'était intéressée à l'Égypte révolutionnaire. Ensuite leurs communications s'étaient espacées. À nouveau, le quotidien, puis le quotidien avec les filles, avaient pris le dessus. Mariam ne trouvait plus le temps de donner des nouvelles, ni d'en prendre. Antoine n'entendit plus parler d'Amal dont la voix et la silhouette rejoignirent la cohorte des amis de jeunesse perdus à jamais.

Amal avait réapparu à la lecture des carnets de Mariam, ce soir de janvier où tout semblait avoir basculé. Le lendemain, Mariam avait disparu. Elle avait tout quitté dans sa fuite. Antoine se dit qu'Amal ne peut pas ne pas savoir. Avant de s'envoler pour l'Égypte, il avait écumé internet et avait fini par retrouver le profil d'Amal sur le réseau professionnel Linkedin. Il lui avait envoyé un message, lui demandant de la voir urgemment au Caire. Amal avait répondu presque aussitôt. Un rendez-vous avait été fixé dans un café du centre-ville. Par chance, l'endroit était indiqué dans le guide touristique qu'Antoine a acheté à l'aéroport avant d'embarquer. C'est un café de rue typiquement cairote : un petit local obscur de deux mètres carrés, éclairé au néon, séparé de la chaussée par un comptoir de granit et un Frigidaire usé. Celui-là ne donne pas sur l'artère principale mais sur un passage qui part sur la droite, un boyau sinueux qui se fraye un chemin entre deux pâtés d'immeuble. Antoine reconnaît Amal qui l'attend, déjà assise, les mains dans les poches de sa veste, souriante, à l'aise dans son environnement familier. Elle se lève, lui tend une joue. Antoine, agacé avant même d'avoir commencé à engager la conversation, refuse de la saluer. Il reste debout, à bonne distance.

« Où est Mariam ?

— Comment ça, où est Mariam ? Comment pourrais-je le savoir ?

— Arrêtez de jouer toutes les deux. »

Antoine lui raconte tout, le commissariat, l'inquiétude, l'angoisse, le chagrin puis la colère, la colère qui l'étrangle depuis qu'il sait que Mariam est ici, là, quelque part.

« J'en ai marre de vos conneries d'adolescentes. »

Amal éclate de rire.

« Ça ne te va pas de faire le méchant, Antoine. »

Puis le visage d'Amal se fige, un pli de compassion s'imprime entre ses deux sourcils. Elle s'approche pour prendre la main d'Antoine, qui se dégage aussitôt.

« Je suis très peinée d'apprendre ce qui t'arrive. Mais je t'assure, je n'ai rien à voir là-dedans.

— Ne te fous pas de moi, Amal. Mariam n'a rien à faire ici à part te voir.

— Peut-être. Mais moi, je ne l'ai pas vue. Pas encore.

— Comment ça ?

— Écoute, je sais qu'elle est en Égypte. Elle m'a envoyé un message il y a quelques jours pour me dire qu'elle venait, mais rien de plus.

— Et naturellement, tu ne lui as posé aucune question ?

— Antoine, tu m'apprends ce qu'il s'est passé entre vous. Je n'en savais rien. Bien sûr, j'ai posé des questions : "Que viens-tu faire ici ? Combien de temps restes-tu ? Il faut qu'on se voie." Des propos de ce genre-là.

— Et ?

— Elle n'a pas répondu. À son habitude.

— À son habitude ?

— Oui, à son habitude. Mariam fait toujours des mystères : comme si tu l'ignorais ! »

L'estomac d'Antoine se tord dans un gargouillement plaintif. Il se rend compte qu'il a faim, terriblement faim. Il n'a pas mangé depuis la veille. Une alléchante odeur de grillade émane de la gargote qui fait l'angle du passage, juste à côté du café. Amal y commande un copieux sandwich au poulet. Antoine finit par s'asseoir en face d'elle sur une petite chaise de bois bancale.

C'est la mi-temps. Ils évitent de se regarder, chacun occupé à examiner sous tous les angles l'image de Mariam qui se dérobe. Le sandwich arrive. Antoine mord dans le pain mou avec soulagement, avec la gêne aussi d'avoir ouvertement exprimé son besoin d'assistance. Il aurait voulu que le rapport de forces lui soit favorable, que la confrontation avec Amal tourne à son avantage, que tout rentre dans l'ordre, enfin. Amal semble l'entendre.

« C'est rude, Le Caire, la première fois. Surtout dans ces circonstances. »

Tout occupé à mâcher, Antoine ne répond rien. Une fois rasséréné, il repart à l'attaque.

« Donc, tu ne sais vraiment rien ? Elle ne t'a rien dit, rien demandé ? C'est tout de même incroyable, elle ne connaît rien de cette ville, elle ne sait même pas où loger !

— Antoine, si je voulais protéger Mariam, je ne serais pas venue à ce rendez-vous. Je ne t'aurais même pas répondu. Je ne sais rien, je te le promets.

— Mais qu'est-ce qu'elle fout ? Rien ne lui ressemble, rien ne lui plaît ici. Elle n'a jamais voulu venir, ni avec moi, ni avec les filles. Elle disait toujours que l'Égypte, c'était trop pour elle. Trop de pollution, trop de poussière, trop de monde, une bouffe trop grasse, trop salée, trop sucrée. Alors pourquoi a-t-elle changé d'avis ? Pourquoi maintenant ? Pourquoi comme ça ?

— Je ne suis pas sûre qu'elle ait changé d'avis. La dernière fois que nous nous sommes parlé – je veux dire vraiment parlé –, elle voulait venir s'installer ici. »

C'était il y a dix ans. La jeunesse avait déboulonné le vieux dictateur mais le régime essayait de survivre tant bien que mal, jetait en pâture à l'opinion les hommes politiques les plus honnis, ceux dont on ne pourrait rattraper la réputation. Les têtes les plus connues tombaient mais pas nécessairement les plus puissantes. Le peuple était flatté dans ses succès. « *Voyez comme tout a changé* », disait-on. On était hier président de l'Assemblée nationale, aujourd'hui prisonnier déchu dans un costume à rayures. Tout allait très vite. Les nouvelles s'enchaînaient. C'est à peine si on apercevait dans un entrefilet du journal quelques mois plus tard que les sentences prononcées avaient été miraculeusement réduites à leur part la plus congrue – le sursis pour le symbole. On n'avait pas le temps de protester, il y a tellement à faire pour achever la bête. Une nuit, les révolutionnaires pénétrèrent dans l'enceinte d'Amn el Daoula. Les détenus qui avaient eu la chance d'en revenir disaient y avoir connu l'enfer. Bien sûr, il y eut quelques voix pour s'interroger sur l'opportunité de cette intrusion inouïe dans le cœur répressif du régime, pour s'étonner de voir que les dossiers des principaux opposants politiques avaient disparu. Mais la stupeur était trop forte. On croyait tellement fort à la révolution en marche qu'on ne voulait pas voir les volontés dans l'ombre qui s'employaient à saboter son avancée. Dans le même temps, les rangs des révolutionnaires sur Tahrir se clairsemaient. Il fallait bien retourner travailler. Gagnée par l'enthousiasme général, coincée de l'autre côté de sa télévision, Mariam voulait contribuer au changement. Elle voulait son morceau d'héroïsme dans le grand gâteau de la révolution nationale. Ça tombait bien. Il était urgent de rassembler les preuves de la violence du régime qui s'exerçait tous les jours à l'encontre des citoyens. L'armée avait pris le relais de la police et continuait de torturer dans le silence général. Le cabinet où travaillait Amal avait besoin d'avocats. Mariam avait très sérieusement considéré la proposition.

« Tu l'ignorais, Antoine ? »

Antoine se colle contre le dossier de son fauteuil en plastique. Il n'a plus de voix pour dire oui. Il confirme en un douloureux raclement de gorge.

« Tu sais, c'était un sentiment partagé de tous. Tous les Égyptiens de la diaspora ont voulu revenir. Les dix-huit jours, tous ces visages, le peuple à l'unisson : ça donnait un sens à leur vie. C'était leur fierté. Mariam aussi voulait en être.

— Et pourquoi a-t-elle finalement refusé ?

— Elle disait qu'elle ne parlait pas assez bien arabe. Mais c'est faux. Elle s'en serait sortie. Je pense que la vraie raison de son refus est ailleurs. Toi, peut-être, tu sais pourquoi.

— Je ne savais même pas qu'elle avait envisagé de s'installer ici !

— Peut-être qu'elle n'a pas pu renoncer à sa vie à Paris, à sa carrière, à votre relation. Qu'en sais-je ? Je n'ai plus entendu parler d'elle jusqu'à ce message lapidaire, l'autre jour. »

Antoine est défait. Il lui semble qu'il en a plus appris sur Mariam en quelques jours qu'en dix-sept ans de relation. Pourquoi ne lui a-t-elle rien dit ? Amal ne lui laisse pas le temps de s'appesantir là-dessus.

« Moi aussi, elle m'a lâchée sans dire au revoir. Après nos études, une fois qu'elle est entrée dans ce cabinet de fiscalistes. Du jour au lendemain, elle a simplement arrêté de répondre à mes appels. J'ai été très surprise qu'elle me contacte pendant la révolution égyptienne. Et encore plus surprise quand j'ai reçu son message, il y a quelques jours. Tu vois, tu n'es pas le seul à être abandonné en cours de route. »

Antoine a envie de répondre qu'il trouve la comparaison absurde. Amal l'agace. Comment peut-elle mettre dans la balance un mariage, des enfants, une vie commune de presque vingt ans et une amitié de quelques saisons ? Il ravale son amertume, trop accablé pour entrer dans une querelle inutile. Rien n'avance comme il l'espérait. Ce qu'il vient d'apprendre, au lieu d'éclaircir son enquête, jette un peu plus le trouble sur l'image qu'il se fait de Mariam, toujours plus fuyante. Sans y prendre garde, il aspire bruyamment sur sa paille et vide sa canette de Coca d'un trait.

« Je vais passer la soirée chez des amis. C'est à deux pas d'ici. Tu viens avec moi. »

La main d'Antoine se referme sur la canette qui s'écrase sur elle-même dans un craquement sec. Il n'est pas sûr de vouloir faire confiance à Amal. Mais il n'a personne d'autre. Amal, qui semble comprendre ses doutes, le lui fait remarquer.

« Allez, viens. Je ne peux pas te laisser seul. L'hospitalité égyptienne, tu sais. »

## Mohamed

Halim promet de lui donner des nouvelles. Kaouthar le serre longuement dans ses bras. Cette fois, plus rien ne la retient, ni cette pudeur étrange qui l'avait empêchée plus tôt, ni la distance des années. Elle n'a plus rien à cacher. Halim sait désormais que sa vie est un désert où il fait toujours soif. Il la conjure de ne pas trop espérer. Il ne sera pas simple de retrouver Ashraf.

Kaouthar referme la porte sur ses talons. Qu'espère-t-elle au fond ? Si elle avait encore suffisamment d'amour dans le cœur, elle serait folle d'inquiétude. Elle prierait pour Ashraf, pour qu'il revienne au plus vite. Elle préviendrait tout le monde, sa famille, ses amis s'il en avait encore. Mais rien de tout cela ne la préoccupe. Son esprit est plein de la visite de Halim. Elle ne pense qu'à ce déjeuner de retrouvailles, obsédée par ce qu'il s'y est dit. Les nouvelles que porte Halim sont terribles, mais entendre la vérité fait du bien. Ses mots sonnent juste. Ils dissipent un peu du malaise qui a recouvert année après année l'existence d'Ashraf et de Kaouthar. C'est un coup de ventilateur sur une couche de poussière. Kaouthar a le sentiment d'y voir plus clair. C'est cela qu'elle espère, que ces retrouvailles soient un réveil, un chant d'oiseaux qui annonce les premières lueurs du jour dans la nuit noire.

Kaouthar toise le poste de télévision. Ils ont laissé ce relais de mensonges prendre trop de place dans leur vie. Elle se lève, arrache la prise, attrape le volumineux objet des deux mains, ouvre comme elle peut la porte d'entrée, laissant derrière elle le câble tressauter stupidement sur chaque marche d'escalier. Elle va la vendre, cette télévision, mettre fin à cette logorrhée incontrôlable du régime. Elle ne lui permettra plus d'entrer ni dans leur salon, ni dans leur tête. Ses images ne peupleront plus leurs rêves.

À l'extérieur, l'après-midi est blanche, le sol boueux des pluies froides de la veille. L'air pue l'eau sale. Kaouthar n'a pas pris la peine de se couvrir. Elle tressaille légèrement, saisie par l'humidité hivernale. D'un pas rapide, elle traverse la rue et, dans un dernier effort, soulève la télévision pour la déposer sur le comptoir du quincaillier d'en face.

« Voilà. Elle est à toi. عايز كام؟, Tu en veux combien ? »

Dans la pénombre de la boutique, Kaouthar distingue une masse qui bouge avec torpeur. Abu Khaled ouvre péniblement les yeux. Il s'était assoupi dans un fauteuil sans fond, sous un amas de couvertures.

« Tu me déranges, oum Mohamed[1]. Tu ne veux pas repasser plus tard ?

— Je ne peux pas plus tard. C'est maintenant ou jamais.

— Qu'Allah me prête vie, tu sais bien que c'est l'heure de ma sieste.

— Il n'y a pas d'heure pour faire de bonnes affaires, Abu Khaled. Lève-toi donc et viens voir ce que je t'apporte.

— Peste soit de toi. Attends-moi. J'arrive. »

Abu Khaled gratte son crâne clairsemé, protégé d'un bonnet de laine rouge qu'il tire sur les côtés jusqu'à recouvrir ses deux longues oreilles. L'arrière de sa boutique est rempli d'objets poussiéreux. Des lustres de pacotille pendent mollement du plafond. Des têtes de balai se tiennent au garde-à-vous dans un étroit couloir. En passant, Abu Khaled les repousse dans l'ombre d'un revers de main. Les balais s'effondrent avec fracas dans l'indifférence générale.

1. Mère de Mohamed.

La moue boudeuse, Abu Khaled examine la télévision posée devant lui, volumineux carré de plastique avec son globe frontal hideux, fait mine d'être aussi concentré qu'un docteur qui poserait un diagnostic sur un patient atteint d'une grave maladie. Des mots insaisissables s'échappent de sa bouche lippue. Il soupèse, il estime la valeur du bien, secoue la tête de gauche à droite, affichant clairement sa déception. Kaouthar réprime un sourire. Abu Khaled est connu dans tout le quartier pour sa radinerie et son numéro qui va avec.

« Oum Mohamed, عايزاني أعمل بيه ايه ده يعني ؟, que veux-tu que je fasse de ça ? Plus personne ne veut de ces vieux machins. Les gens veulent des écrans plats maintenant. Qu'est-ce que tu viens m'enquiquiner avec ce truc d'avant 1967 ?

— Tu exagères, Abu Khaled ! Elle fonctionne encore très bien.

— Ne te moque pas de moi. Je suis sûre que vous n'avez même pas de satellite avec ton mari, là-haut. Il est où, d'ailleurs ?

— Abu Mohamed[1] est parti voir de la famille à Mansoura.

— بجد ؟, Vraiment ? Il ne m'en a rien dit.

— Tu ne couches pas avec lui que je sache ! Allez, tu prends combien pour mon téléviseur ?

1. Père de Mohamed.

— C'est toi qui devrais me payer pour le reprendre. Avoue-le, il appartenait à ton grand-père !

— Que Dieu me pardonne, Abu Khaled, achevons : tu m'épuises !

— C'est vous tous qui m'épuisez avec vos babioles qui ne valent pas un clou. Et c'est avec ça que je suis supposé vivre ? Allez, cent guineh[1] ?

— Je n'en demandais pas plus. »

Saisi par la surprise, le visage d'Abu Khaled se fend en deux, et déjà un sourire qu'il ne peut réprimer court d'un lobe à l'autre de ses oreilles. Son front se plisse d'un contentement que Kaouthar ne lui a jamais vu. Il a perdu vingt ans d'un coup.

« Vraiment ? Qu'il plaise à Dieu alors ! Oum Mohamed, je l'ai toujours su, tu es une femme intelligente et respectable, au nom de Dieu !

— C'est ça. هات ميت جنيه, Donne-moi mes cent guineh, s'il te plaît !

— Les voilà, les voilà. Mes hommages à ton mari et à ton père. »

Kaouthar s'éloigne, laissant derrière elle Abu Khaled, ses effets de manche et son capharnaüm. Il retourne s'asseoir au fond de sa grotte, satisfait de sa négociation, un peu surpris toutefois. Il connaissait

1. Nom de la monnaie égyptienne en arabe dialectal. Cent guineh valent cinq euros environ. Le salaire mensuel minimum dans le secteur privé est de deux mille quatre cents guineh.

Kaouthar plus pugnace. Mais Kaouthar s'en fiche. Ce n'est pas de l'argent qu'elle veut mais se donner la chance de penser à nouveau. Cent guineh, c'est peu mais ce sera suffisant pour acheter quelques pâtisseries à Mohamed.

Elle avance, débarrassée de son fardeau, l'esprit disponible à l'observation. Un serveur de chicha ranime ses braises en faisant de grands moulinets avec ses bras comme un jongleur jonglerait avec une torche enflammée ; le boucher taillade vigoureusement une carcasse de mouton avant de la suspendre au-dessus de la rue ; un vieillard au regard perdu, assis seul sur une chaise, s'allume une clope et crache un retour de salive qu'il contemple jusqu'à sa dissolution complète dans la boue de la chaussée. Tous ont l'air d'être à leur affaire. Aucun ne semble sur ses gardes ni redouter des corps qui, brutalement, se jetteraient sur un autre, des pas qui s'emmêleraient et trébucheraient, des coups qui tomberaient aussi rapides que brutaux sur la figure d'un innocent anonyme, jeté à la va-vite dans le coffre arrière d'une estafette. Personne ne s'attend à un coup de couteau venant déchirer la torpeur du jour. Personne ne cherche avec les yeux fous d'un fauve affamé un être cher disparu. Personne n'attend personne. Halim dit-il vrai ? Est-il possible que le régime efface les gens sans que personne ne s'en aperçoive ?

Comme une apparition, Mohamed surgit au croisement de la rue. Il marche, le bras autour du cou d'un autre gamin que Kaouthar suppose être un camarade de classe. Kaouthar s'apprête à crier son nom, le réprimander. Il devrait être à l'école à l'heure qu'il est. Mais quelque chose dans la démarche de Mohamed la retient. Les deux enfants ne marchent pas comme deux écoliers en escapade clandestine. Ils avancent avec dessein, cela se voit : Kaouthar jurerait qu'ils se préparent à entreprendre un projet important. Intriguée par leur sérieux, elle décide de les suivre de loin. Ils poursuivent dans une ruelle plus étroite et moins fréquentée. Furtivement, l'un après l'autre, ils ramassent des petites pierres qui traînent au sol et les fourrent dans leurs poches de pantalon. Puis ils disparaissent dans l'entrée d'un immeuble. Kaouthar entre à son tour : elle entend les bruits de pas qui foulent les marches. En se penchant un peu, elle aperçoit leurs petites mains qui filent sur la rambarde en pierre de l'escalier. Ils grimpent jusqu'en haut. Une porte s'ouvre dans un grincement métallique, puis plus rien.

Kaouthar monte les étages à son tour, plus essoufflée qu'elle ne le voudrait. Elle repense brièvement à ces moments où la police les prenait en chasse, quand ils couraient à travers tout le centre-ville. Elle avait confiance en la force de ses cuisses, l'endurance de son souffle. Elle ne pourrait en dire autant aujourd'hui.

La porte qui donne sur le toit est restée ouverte. En fait de toit, c'est une terrasse inachevée, délimitée par endroits par des tiges de fer rouillées qui fusent vers le ciel. Au-delà s'étendent tout autour les immeubles du quartier, construits de la même façon, à l'arraché, sans permis, sans plan, leurs étages de briques rouges élevés les uns après les autres, abritant des familles entières qui, une fois logées là, n'en bougent plus, malgré l'humidité glaçante de l'hiver et les grandes chaleurs de l'été.

Au bord de la plateforme, des sacs de sables empilés font office de muret derrière lequel sont accroupis les deux enfants. Ils considèrent leur butin avec intérêt. Kaouthar s'approche et se dissimule derrière deux rangées de draps qui sèchent sous le ciel mauvais.

En contrebas de l'immeuble, Kaouthar peut voir une petite place dégagée, où traînent les clients d'un café ambulant. C'est l'heure de sortie des bureaux. La rue est emplie d'écoliers qui courent, d'employés qui rentrent chez eux. Ils reviennent du centre-ville. Les microbus les ont déposés sur la route principale, goudronnée celle-ci, dont on perçoit la lointaine rumeur. Hommes et femmes avancent avec précaution sur le sol glissant, avec le souci de ne pas trop salir leurs chaussures. Leur chemin se sépare au gré des ruelles qui filent à droite et à gauche : les femmes font quelques courses avant de rentrer chez elles ;

les hommes s'arrêtent au café. D'où elle se trouve, Kaouthar distingue les visages des personnages qu'elle observait plus tôt, le boucher et le vieillard. Et Abu Khaled qui les rejoint, faisant de grands gestes enjoués. Il doit probablement leur raconter son aubaine du jour – cette pauvre oum Mohamed, plumée comme une oie la veille d'un jour de fête. Avec ses bras qui font des circonvolutions dans l'air, Kaouthar imagine qu'il force le trait, exagère le moindre fait de l'histoire pour lui donner un tour avantageux.

« *Puisque je te dis qu'elle m'en demandait mille ! Mille guineh, tu le crois ? J'ai dû me battre comme un lion* », croit-elle lire sur ses lèvres qui crachotent autant de sornettes que de postillons.

Cinq ou six policiers arrivent de la rue adjacente et s'assoient à une table vide. Ils parlent d'une voix forte ; pourtant Kaouthar est trop loin pour comprendre leur conversation. Le vendeur leur apporte des gobelets de thé et de café avec une déférence affectée. Les agents ne semblent lui prêter aucune attention, ils rient bruyamment en se tapant sur les cuisses. L'un d'entre eux repousse légèrement sa chaise pour étendre ses jambes sur la table, glisse ses mains derrière la nuque et, à la manière des cow-boys dans les films américains, s'étire les épaules avec délectation. Au moment où un sourire se dessine sur son visage, un projectile atterrit dans son verre de café à la vitesse d'une météorite. Le marc encore bouillant explose en l'air comme de la lave en fusion. Le policier tombe à la renverse. Il hurle. Avec rage, il frotte son visage maculé de brun mais le mal est fait. Sous le café apparaissent déjà les stigmates d'une brûlure sérieuse, des petites cloques pâles et fragiles sur fond écarlate. Les mouvements autour se figent. Abu Khaled et le boucher restent un instant stupéfaits puis, à entendre le policier vagir comme un nouveau-né, ils éclatent de rire devant son infortune. Leur rire gagne les autres tables. Dans la rue, un demi-cercle se forme déjà autour des frontières invisibles du café. Le rire se propage comme la peste. Tout le monde se tient les côtes, plié en deux, même ceux qui n'ont rien vu. On rit pour la blague. On rit aussi parce que, depuis que le Maréchal est aux commandes, on a peu l'occasion de rire. Ça aide à oublier l'hiver, la répression et la misère.

Vexés qu'on les moque, les autres policiers se lèvent à la hâte, renversant cafés et table. Ils scrutent l'horizon, se contorsionnent à la recherche de l'origine du tir. Ne trouvant rien, ils insultent la foule, « *Quoi, quoi, qu'est-ce qui vous fait rire ? Vous rirez moins quand on vous aura foutus au trou, bande de sous-merde.* » Deux d'entre eux se décident enfin à relever leur collègue toujours à terre. C'est alors qu'une pluie de cailloux leur tombe dessus.

Quand ils regardent enfin dans la bonne direction, Mohamed et son complice ont déjà pris la fuite. Leurs silhouettes s'éloignent avec le vent, se faufilent entre les cordes à linge, sautent de toit en toit jusqu'à disparaître complètement dans la nuit qui les happe.

En contrebas, les policiers furibonds menacent : « *Attendez qu'on vous attrape,* يا أبناء الكلب, *fils de chien !* » Kaouthar se bouche les oreilles pour ne pas entendre les supplices auxquels ils promettent Mohamed. Le premier policier visé affiche un visage écorché en peau de panthère, dont les taches rouges virent au violet par endroits. Un autre a reçu une pierre en plein visage et se tamponne le nez d'un mouchoir ensanglanté. Les autres clients ont disparu aussi vite qu'ils ont ri. Le spectacle est fini. Personne ne tient à être associé à l'affaire. Les passants ont déserté la rue. Une ampoule nue au bout de son fil éclaire la place vide.

Kaouthar se laisse glisser contre les sacs de sable. Les bras enroulés autour des genoux, elle reste dans cette position, immobile, un long moment. Même si l'entrée de l'immeuble donne sur une autre rue, elle a peur que les policiers ne montent et la découvrent. Elle reste là jusqu'à ce qu'elle devine la lune haute dans le ciel, en embuscade derrière les nuages. Du bout des doigts, elle tâtonne dans le noir et découvre la présence d'un objet, sorte de tige à deux branches, autour de laquelle pend un élastique. Kaouthar glisse le lance-pierre sous son pull et remercie le ciel de lui avoir laissé l'arme du crime.

Mohamed l'attend devant la porte. Il geint comme un enfant de huit ans qui a faim et froid.

« Ça fait deux heures que je t'attends. Où tu étais ? »

Sans répondre, Kaouthar donne un tour de clé dans la porte, entre la première dans l'appartement, attrape son fils par le bras et le tire à l'intérieur. La porte claque sur eux.

« Tu te fous de moi ?

— Qu'est-ce qui te prend ? Lâche-moi !

— Assieds-toi là. »

Kaouthar le pousse vers le fauteuil et brandit le lance-pierre.

« J'ai tout vu, Mohamed. Tu m'entends, tout vu. J'étais avec vous sur le toit. Alors ne te fatigue pas à me raconter des histoires. »

Elle ne lui laisse pas le temps d'ouvrir la bouche. Elle rugit plus qu'elle ne parle, avance, menaçante, vers son fils, recule, fonce sur lui de nouveau. Sait-il ce qu'il risque ? Non, évidemment il n'en sait rien, il n'a rien vu, rien connu. Il faut être un insensé pour lancer des pierres sur les policiers de nos jours. Elle, elle sait. Elle sait ce dont ils sont capables. Kaouthar répète en boucle les mêmes phrases, incapable d'éteindre l'alarme qui s'est allumée en elle. Ses joues lui brûlent.

Ses mains sont moites de sueur malgré le froid. L'origine de cette fureur lui échappe. Un râle de chat dans l'escalier la fait sursauter. Elle comprend enfin.

« J'ai peur, tu comprends. أنا خايفة عليك, J'ai peur pour toi. »

Mohamed n'a pas bougé. Il la regarde, écarlate, au bord de la suffocation, sans se départir d'un air de confiance sur le visage.

« Ne t'inquiète pas, maman. Ils sont trop cons. Tu les as bien vus. Jamais ils ne nous attraperont. Et, puis, on fait toujours attention de ne jamais viser les mêmes.

— Je veux que tu arrêtes, tu m'entends ? Pourquoi tu joues à ça ? »

Mohamed la regarde toujours, honnêtement surpris cette fois.

« Et toi ? Pourquoi tu t'énerves ? Qu'est-ce que ça peut bien te faire, le nez cassé d'un policier ? Tu les défends à ton tour, comme papa ?

— Non. Bien sûr que non. Il ne s'agit pas de cela. J'ai peur pour toi. Enfin, tu veux finir en prison comme ton oncle ?

— Justement. On ne va pas en prison pour avoir lancé une pierre. C'est toi qui me l'as dit, non, que خالو Hassan était innocent et qu'il n'avait rien à faire dans une prison !

— Oui, mais je ne vois pas en quoi lancer des pierres va le faire sortir de Scorpion.

— C'est de leur faute. Il faut bien qu'ils paient.

— Que veux-tu dire ?

— Ils donnent des coups, ils en prennent en retour. Si toi et papa, ça vous va de ne rien dire, ça vous va de vous faire marcher dessus, de vous faire traiter comme des moins que rien, c'est votre problème. Pour moi, c'est impossible. Je ne suis pas d'accord. Et Omran non plus.

— C'est qui celui-là ?

— C'est le garçon qui lançait des pierres avec moi. Son père s'est fait arrêter alors qu'il conduisait son microbus, comme ça, pour rien. Des flics l'ont attrapé et l'ont emmené au commissariat. Et là, ils l'ont battu. Il paraît même que… Non, ça, je ne peux pas le dire. C'est trop dégueulasse ! »

Mohamed enfonce deux de ses doigts dans le creux de son autre main, refermée sur elle-même. L'obscénité tord son visage.

« Arrête de raconter n'importe quoi !

— C'est la vérité. Son père, à Omran, il a failli mourir d'hémorragie ou de ne je ne sais quoi. Il saignait du cul, je te dis ! Et maintenant, il n'est plus le même. Il ne veut plus sortir. Il devient fou chez lui. Alors il se venge sur la mère d'Omran. Je te jure, il la tape tous les soirs. Omran m'a dit qu'elle était restée comme assommée l'autre jour. Alors Omran, il a la rage. Et moi aussi, هاتجنن, j'ai la rage. J'ai la rage contre les policiers, et contre papa, et contre toi, parce que vous faites semblant que tout va bien. »

Kaouthar sent sa peau se dissoudre. Pour la première fois, elle se voit dans les yeux de son fils. Son corps, liquide, s'effondre comme la masse d'une chute d'eau vertigineuse. Pour Mohamed, elle est donc cela, une mère qui accepte l'inacceptable parce qu'elle a peur d'être violée dans un commissariat, une mère qui voudrait retenir son fils à l'écart du monde pour le protéger. Kaouthar se souvient des yeux ébahis de ses parents, leur sidération quand elle leur avait déclaré qu'elle ne dormirait plus à la maison tant que le dictateur s'accrocherait au pouvoir. Elle avait vingt ans et ne comprenait pas la frilosité de ces adultes qui s'accrochaient à leur confort, leurs habitudes au lieu de regarder devant eux, la tête droite. Elle ne savait rien de cette fatigue qui s'accumule avec les années et qui empêche, au bout d'un moment, de s'écarter du sentier que l'on a creusé à force de marcher au même endroit. La seule chose qu'elle comprenait alors, c'était l'urgence de la révolution. Ses parents avaient essayé de l'enfermer en vain. Rien ne pouvait résister à la force de sa jeunesse.

Ce soir, l'histoire se rejoue en miroir, et Kaouthar constate avec nostalgie qu'elle n'a plus le beau rôle. Ses parents l'ont laissée grandir dans la peur sans jamais lui expliquer pourquoi son père enchaînait les séjours en prison. Elle non plus n'a jamais rien raconté à Mohamed. Son fils ne sait pas qu'elle est venue au monde un 25 janvier à l'âge de vingt ans, il ne connaît rien de la fierté qui était la sienne quand elle a marché, enfin digne, dans les rues du Caire, quand elle a su vaincre sa peur alors que la police chargeait. Personne ne lui a raconté leur rencontre avec Ashraf, ni l'amour qui sublime la vie. Kaouthar avait tout gardé pour elle. Il lui était trop douloureux de mettre en mots l'effondrement de leurs rêves. Elle aurait eu besoin du soutien d'Ashraf pour faire le récit de leur histoire commune. Mais il avait cessé d'y croire avant même que Mohamed soit en âge de comprendre. La propagande du Maréchal avait torpillé le reste. Il n'y avait plus d'espace pour leurs beaux souvenirs. Kaouthar les avait laissés mourir. Elle s'était débrouillée seule pour faire son deuil de la révolution. Elle avait renoncé à la transmettre à son fils.

L'ignorance cruelle de Mohamed lui offre une dernière chance. Elle s'agenouille près de son fils, le tire vers elle, cale sa tête contre sa poitrine et plonge son visage, à elle, dans l'épaisseur emmêlée de ses cheveux. Mohamed se débat un peu sans opposer une réelle résistance. Elle le respire intensément. Kaouthar commence par lui raconter ceci, ces gestes qu'elle aimait faire quand il était bébé, passer son nez sur ses boucles soyeuses, l'embrasser furtivement, le serrer dans ses bras, la consolation qu'elle y trouvait les soirs de drame, les soirs où elle ne croyait plus en rien. Elle prend une longue respiration et se lance dans la grande histoire, depuis le premier jour, depuis le 25 janvier, jusqu'à aujourd'hui, presque dix ans plus tard. Mohamed l'écoute avec attention. Elle ne l'épargne pas. S'il est au courant pour les sodomies sauvages en cellule, autant qu'il sache pour le reste. Kaouthar raconte jusque tard dans la nuit. Le sommeil finit par les rattraper au petit matin.

Après un petit déjeuner tardif, Mohamed s'échappe pour retrouver Omran. Sa mère referme la porte sur lui après lui avoir fait promettre de soigner son vocabulaire. Kaouthar se regarde dans le petit miroir de l'entrée, resserre son voile pour sortir à son tour. Elle se trouve une sorte de beauté, un éclat dans le regard peut-être, qu'elle n'avait pas vu depuis longtemps. Elle est étrangement soulagée. Au fond, c'est ainsi qu'elle aurait voulu que les choses se passent. Elle aurait voulu que son fils soit élevé dans l'esprit de Tahrir, qu'il grandisse dans la joie, la liberté et l'égalité, qu'il porte une fois son tour venu la flamme révolutionnaire. L'histoire en avait décidé autrement. L'enfance de Mohamed se déroulait sur fond de répression féroce. Il avait été élevé dans la peur. Au lieu de continuer la lutte entamée par ses parents, il en portait, sans même le savoir, l'échec. Cela ne l'avait pas empêché de goûter à la révolte, malgré les craintes de Kaouthar et malgré les efforts déployés par le régime pour anesthésier les consciences. Qu'il continue à lancer des pierres tant qu'on ne lui offrira pas mieux à faire ! Kaouthar n'a plus peur. Cette nuit, alors que Mohamed l'écoutait sans jamais la lâcher du regard,une part d'elle-même a ressuscité, cette jeune fille en feu qu'elle avait égarée dans le passé. Elle sent l'énergie courir sous sa peau, l'envie de hurler sa force retrouvée à la face du monde. Un manteau jeté sur les épaules, elle part pour acheter ces pâtisseries dont l'événement de la veille lui avait fait oublier l'existence. Kaouthar est prête à reprendre l'histoire là où elle l'avait quittée.

## Amar

Aux côtés d'Amal, se déplacer semble chose facile. Elle se fond dans la foule avec aisance, esquive passants et voitures, sans jamais cesser d'avancer d'un pas tranquille. Au bout d'un moment, ils obliquent à gauche dans une ruelle au bitume défoncé et s'enfoncent dans la gueule d'un immeuble ancien à la cage d'escalier monumentale. Antoine s'accroche à la rambarde en fer forgé et se tord la nuque pour voir si cet enchaînement de marches de marbre s'arrête quelque part. Chaque étage semble faire dix mètres de haut. Il ne distingue rien. Les échos de leurs pas se perdent dans les hauteurs des derniers étages, plongés dans le noir.

À bout de souffle, ils s'arrêtent au troisième. Il n'est pas nécessaire de frapper, la porte est ouverte. Ils pénètrent dans un aquarium de fumée crépusculaire, éclairé à la guirlande clignotante. Des silhouettes y naviguent comme des ombres projetées en grand sur un fond de lumières multicolores. C'est une caverne où le vide n'entre pas. Des lignes, des images et des couleurs éclatent sur les murs, prolifèrent partout comme de la mauvaise herbe. Elles s'étendent à l'horizontale, à la verticale, sur toute la surface de l'appartement qui, à voir la hauteur des portes et l'alignement rectiligne des lattes de parquet, avait dû abriter une famille de grands bourgeois cairotes. Il ne reste de leurs bonnes manières que les moulures fatiguées d'un plafond qui menace de s'effondrer. Sur les parois, Antoine distingue dans la lumière intermittente les traits magnifiques de corps alanguis qui côtoient de grotesques visages aux protubérances étranges.

Un bras se pose sur ses épaules et on l'entraîne avec une autorité familière dans un début de couloir qui semble être une galerie de portraits.

« *You're not from here, are you ?* Ça se voit comme le nez au milieu de la figure ! Attends, je vais te faire visiter. »

C'est un homme qui parle. De ses yeux bruns, qui louchent tendrement, se dégage une douceur infinie, aiguisée par l'ironie de son sourire. Il est difficile de donner un âge à ce visage à la rondeur joufflue, encadré de boucles noires, mêlées de fils d'argent. Un joint fait continuité avec sa lèvre inférieure. Antoine apprendra plus tard que cet homme aux cheveux hirsutes est Amar, le génie des lieux.

« Lui, c'est le Maréchal. Tu vois, je l'ai mis tout en haut, au-dessus de la mêlée. Ah, le fils de pute, il est beau, n'est-ce pas ? C'est la pièce maîtresse de mon travail ! Oui, je sais ce que tu penses. L'éclairage est un peu terne par rapport à l'éclat naturel du personnage. *I'll fix it.* »

Antoine reconnaît ce visage qui l'a accueilli la veille dans le hall de l'aéroport, puis qui l'a assuré de sa présence en grand format sur les panneaux lumineux le long de la route qui l'emmenait jusqu'au centre-ville. Antoine lui trouvait une gueule de batracien, avec un sourire sacrificiel en coin, un peu trop appuyé pour être sincère. Il sourit devant la peinture d'Amar.

« Je ne l'avais pas encore vu avec des cornes de cocu sur la tête.

— Ah oui, bien sûr ! L'enfoiré, on lui réserve un traitement spécial ici. C'est comme… tiens, lui, là, regarde. C'est l'ancien président. Le premier président élu de l'histoire moderne de l'Égypte, il disait. Regarde-moi ça, ce petit enfant de salaud, il n'a pas l'air d'un champion, là ? Il est superbe ! Digne et fier ! »

Antoine rit vraiment cette fois. Une bite flasque pend au milieu du visage du président déchu. Le reste du portrait est dessiné avec grâce. Le sérieux de son regard, cerclé d'épaisses lunettes, la finesse de ses traits, tranchent avec la grossièreté de son appendice nasal.

« En vrai, il ne m'a jamais trop inspiré, celui-là. Trop, trop con, vraiment. Il ne mérite pas mieux qu'une teub en pleine tronche. »

Derrière, des collages tapissent le mur en enfilade. C'est une scène de bataille. Des silhouettes en baskets courent, le visage protégé d'un masque à gaz, saisies dans des filets de fumée blanche. Ces silhouettes ont les ailes et la légèreté des anges. Juvéniles, elles ne doivent pas avoir plus de vingt ans. Certaines s'arrêtent pour ramasser une pierre. On devine les balles qui frôlent les corps. Des visages au premier plan ont le regard barré d'un bandeau qui leur cache un œil. Comme un coup de lame qui entre et qui sort, Antoine ressent dans sa chair la mutilation, l'orbite qui éclate sous le coup de l'impact. Une douleur empathique le traverse. Par réflexe, il se passe une main sur le visage comme pour vérifier que tout y est, intact. Au milieu de la fresque, un enfant peint en noir et blanc gît à terre, une tache rouge sang à la place du cœur. Ses ailes à l'imprimé si délicat qu'Antoine croit percevoir sous ses doigts la douceur du tissu reposent autour de lui comme l'étendard d'un gisant. Au-dessus de la scène, des portraits sont collés les uns à côté des autres. Des visages et des noms d'adolescents aux ailes d'anges, encore. Amar est toujours là. Il regarde Antoine, attentif.

« *These kids, who are they ?*

— Ce sont les gosses de Mohamed Mahmoud. Ils sont tous morts dans la rue, là. Va sur le balcon et penche-toi, tu verras le mur. On les a graffés là. Mais, les enculés, ils l'ont recouvert de peinture depuis. À chaque fois, c'est pareil. On peint, ils effacent.

— Qui, “ils” ? »

Amar se laisse embarquer dans un grand éclat de rire. La naïveté d'Antoine lui plaît.

« Tu étais où, toi, ces dernières années ? Faut tout t'apprendre ! Si tu savais comme ils sont cons, ces têtes de teub. Un escadron de connards. Pourtant, on pourrait s'entendre, non ? On a essayé, tu sais, on a essayé de leur faire plaisir. Une fois, on a peint tout le mur en camouflage militaire rose. C'était gai – comme si une nuée de flamants roses s'était donné rendez-vous rue Mohamed Mahmoud. Tout le monde rigolait. Les gens se prenaient en photo devant, et même des troufions de la police et de l'armée. Pourtant, ça a recommencé. Ils ont encore tout recouvert avec leur peinture couleur de merde, là. Ils n'ont pas aimé, on dirait.

— Et la femme du triptyque, là ?

— C'est Shaimaa. Shaimaa El Sabbagh. Une poétesse, et une amie.

— Elle est blessée, non ?

— *No, my friend. She is dead.* Elle a été assassinée par des flics il y a six ans, parce qu'elle rendait hommage à Tahrir. C'était pour l'anniversaire de la révolution. C'est encore une esquisse, je travaille dessus en ce moment. Regarde, là : volet un, elle est debout, un trou rouge dans la poitrine, elle s'effondre mais elle avance, toujours droite. Elle a encore son bouquet de fleurs dans la main. Là, elle est à terre, roulée en boule comme une enfant, le bouquet est à terre, tombé à côté d'elle. On pourrait croire qu'elle fait semblant si on ne voyait pas ce filet rouge couler sur sa chemise blanche. Elle s'était bien habillée pour l'anniversaire de la révolution ! Et, là, le dernier panneau : on la voit d'en haut, recroquevillée dans les bras d'un homme, son vêtement trempé d'une auréole rouge. Elle respire pour la dernière fois. Elle meurt. Regarde ses doigts. Elle est morte et, malgré tout, elle fait encore le V de la victoire. »

Amar tire longuement sur son joint. Sans dire un mot, il jauge sa bouteille de bière vide et se dirige vers la cuisine pour en chercher une autre.

Antoine continue seul sa visite, étrangement remué par ce qu'il contemple. Beaucoup de références lui échappent : il n'a aucune idée des personnages représentés, ni ne sait déchiffrer les phrases calligraphiées en arabe. Mais l'humour d'Amar, et la force de ses corps en mouvement, la beauté de ses visages, l'attirent. Lui qui avait le sentiment amer que rien ne l'attendait ici, au Caire, en Égypte, découvre un langage qui fait écho à un rêve ancien. Sans trop saisir le lien du souvenir, il se rappelle soudain cette pièce étroite que ses parents lui avaient abandonnée dans la cave de leur maison. C'était un de ses rêves d'adolescent, avoir une pièce à lui qu'il pourrait meubler de son imaginaire sans personne pour le déranger. Antoine avait carte blanche, il pouvait y faire ce qu'il voulait. Plusieurs fois par semaine, il s'y retrouvait avec des copains. Pendant des heures, ils dessinaient sur les murs les planches d'une bande dessinée aussi foisonnante qu'absurde. Chacun s'était créé un personnage qui avançait dans leur histoire commune. Leurs mondes s'entrechoquaient. Sur un même mur tenaient des univers de polar, de science-fiction et de fantasy. À cette époque, Antoine se rêvait en détective au grand cœur comme on les voyait dans les vieux films noirs américains qu'il regardait petit avec sa grand-mère, avec leur inévitable panoplie : l'imperméable, le flingue, le chapeau et, enfin, la blonde pâle à la beauté dangereuse. Au bout d'une saison, ils avaient recouvert deux murs sur quatre. Puis l'envie leur était passée. Ils s'étaient mis à la musique. Les posters de Nirvana et Pearl Jam recouvrirent ce qu'il restait de vide. La pièce sert aujourd'hui de débarras. Ses parents y ont entassé ses affaires d'enfant. On peut encore y voir la bande dessinée murale du groupe d'adolescents devenus adultes aujourd'hui.

La guirlande clignote toujours dans le couloir. Dans la pièce centrale, Amal discute au milieu d'autres personnes, assises par terre, en tailleur ou presque allongées sur un matelas étroit étendu au sol. Dessinée sur le mur, une jeune fille, le visage de profil, une fleur rouge vif dans ses cheveux bruns détachés, regarde ailleurs, comme si elle attendait quelque chose. Elle est belle. Antoine se demande quelle est son histoire et si, contrairement à Shaimaa, elle vit toujours. La table basse est recouverte de bières vides et de cendriers qui débordent. Les portes d'une double-fenêtre sont ouvertes sur le balcon. Un vent piquant balaie la fumée de cigarettes. Antoine se laisse glisser, dos au mur, près d'Amal.

« C'est qui ce gars ?

— Tu parles d'Amar ? Tu n'avais jamais rien vu de lui auparavant ? Il a graffé toute la révolution.

— Tu sais bien que c'est la première fois que je mets les pieds en Égypte !

— Antoine, tu es si niais que ça ? Tu crois que ça ne fonctionne que dans un sens, qu'il n'y a que les artistes européens qui font le tour du monde ? Tu penses qu'il n'y a que Banksy qui voyage et transforme les pires réalités en morceau de béton poétique, qui dessine des chatons tristes sur les murs de Gaza ? Amar a graffé partout – dans les grandes capitales européennes, et même au Canada. Il fait partie de ceux qui ont créé une iconographie de la révolution. Et il n'est pas le seul. Il y en a d'autres. Ganzeer, Keizer, ça ne te dit rien ? Non ? Amar est l'un des seuls à être restés. Les autres se sont barrés. Tu n'as jamais vu d'images de la rue Mohamed Mahmoud ?

— OK, Amal, OK. Pardon pour ma maladresse. J'ai besoin qu'on m'explique un peu : c'est quoi la rue Mohamed Mahmoud ?

— Viens voir. »

Ils sortent sur le balcon et se penchent tous les deux à la rambarde. L'air est lourd de poussière, empreint d'une vague odeur de saleté organique, une odeur de boue mêlée aux gaz d'échappement si caractéristique du Caire qui avait saisi Antoine dès sa sortie de l'avion. Amal lui montre l'endroit en question.

« Tu vois la rue, là ? Elle part de la place Tahrir et mène au ministère de l'Intérieur. Tu devines l'enjeu stratégique pour les différents camps ? Il y a eu plusieurs salves de batailles dans les premières années qui ont suivi le 25 janvier. La première, la plus meurtrière, a gardé le nom de bataille de Mohamed Mahmoud. Dans toute cette partie du centre-ville, c'était la guérilla. Les combats cessaient à l'aube pour une trêve de quelques heures et reprenaient après la prière de l'après-midi. Les révolutionnaires forçaient

– ils voulaient faire tomber le ministère de l'Intérieur –, et la police défendait. Ils nous gazaient jusqu'à l'asphyxie. C'est à cette époque que des masques ont été distribués et qu'un révolutionnaire plus malin et plus chimiste que les autres a créé ce liquide épais qu'on se pulvérisait sur le visage pour atténuer les brûlures du gaz. Quand ça gazait trop, on courait se réfugier à l'arrière, mais ceux qui tombaient au sol ne pouvaient pas se relever. Les équipes de secours n'arrivaient pas à les trouver. Leurs corps étaient dissimulés derrière les gaz. Et, pendant ce temps, les flics tiraient à travers le brouillard, en visant les yeux et le cœur quand ils pouvaient. C'est comme ça que ces gamins sont morts, une quarantaine en quatre jours d'émeute. Quelques semaines plus tard, Amar a graffé tous les martyrs sur ce mur qui borde la rue. Il leur a donné un visage et un nom. Et des ailes d'ange, quelle que soit leur confession. Tu dois comprendre que c'était très important pour nous car, sans ces dessins, personne n'aurait su. Pas une chaîne de télévision grand public n'en parlait. Les journalistes couvraient les événements en général mais des gosses de pauvres qui lancent des pierres, ils pouvaient bien perdre un œil, finir estropiés, crever, tout le monde s'en foutait. Et c'est comme ça que les graffeurs ont commencé à devenir les chroniqueurs de la révolution. Ils dessinaient les morts, les assassins, les mères en deuil, mais aussi les espoirs qui nous habitaient. Ils ont mis en images nos cauchemars et nos rêves. Amar a tout dessiné. Un jour, il a même aperçu de son balcon un policier, qui, la carabine en joue, visait les yeux des manifestants. Il a réussi à en faire le portrait-robot à partir de vidéos qui tournaient sur les réseaux sociaux. Il en a créé un pochoir qu'il a tagué sur les murs des grandes villes du pays. Grâce à lui, tout le monde savait. L'affaire a été médiatisée et le policier, remis aux mains de la justice. Il a pris plusieurs mois. C'était du jamais-vu. Le dessin avait rompu le cercle de l'impunité. Mais ça, c'était il y a déjà plusieurs années.

— Et maintenant ?

— Maintenant, comment dire ? Maintenant, le régime militaire a repris le moindre centimètre carré d'espace public. Il n'est plus possible de dessiner sur les murs, ni même de se réunir pour discuter sur un coin de trottoir… Les fresques qu'Amar peignait au grand jour se sont transformées en séances de bombage sauvage. Il a basculé dans la clandestinité.

— Il est recherché par la police ?

— Antoine, mais tu débarques d'où ? Amar n'a commis aucun crime alors non, évidemment, il n'est pas officiellement recherché. Mais il pourrait se faire arrêter, comme n'importe qui d'ailleurs. Ici, on est tous à la merci de la police. On te met en prison juste parce que tu marches sur le mauvais trottoir !

Tu crois vraiment que l'Égypte, c'est la carte postale Sphinx, pyramides et felouques sur le Nil ? Écoute, ça me fatigue, je n'ai pas la patience ce soir de te refaire l'histoire de la révolution… Tiens, je te laisse avec Halim. C'est lui l'avocat, après tout. *Please Halim, tell him. Antoine knows nothing*. Moi, je vais m'acheter des clopes. »

Antoine n'a pas le temps de répondre, Amal s'est déjà échappée. Il échange un sourire gêné avec l'homme qui était accoudé au balcon, derrière eux, depuis un moment. L'homme lui rend son sourire, l'embarras en moins. Son corps voûté pèse de tout son poids sur la rambarde, laissant entrevoir, derrière son affabilité, une lassitude extrême, une envie de vivre bien entamée.

« Salut. Halim.

— Antoine. *Nice to meeting you.*

— Il ne faut pas lui en vouloir. On est sous pression en ce moment. Elle a dû t'en parler. C'est l'anniversaire de la révolution dans quelques jours. Pour éviter la moindre étincelle de révolte, le régime prend les précautions d'usage. Il arrête à tour de bras – des activistes, des journalistes, des citoyens sans histoire – dans la rue et jusque dans leur appartement. Pour te dire la vérité, on est complètement inconscients d'être ici ce soir. Ce serait une belle opération de police s'ils venaient nous cueillir maintenant.

— Parce que vous êtes tous révolutionnaires ?

— Si tu veux vraiment nous coller une étiquette, alors oui. On l'était. Et aujourd'hui encore, sans être une vraie menace, on est du poil à gratter pour l'armée : Amar et ses potes artistes, Amal, moi et quelques autres qui défendons les droits humains – enfin ce qu'il en reste. On les emmerde ; ils préféraient qu'on aille se faire foutre ailleurs, c'est sûr.

— Pourquoi ils ne débarquent pas, dans ce cas ?

— Ça, c'est un mystère que personne ne peut expliquer. Ce doit être les pouvoirs magiques d'Amar, son odeur ou un répulsif du même genre : puissant. Tu sais, l'atelier d'Amar, c'est un des rares lieux qui nous restent. C'est un repaire au-dessus de la mêlée d'où on peut contempler d'en haut le désastre à l'œuvre, histoire de reprendre des forces avant d'y plonger de nouveau. Amal a raison. Le simple fait d'être en vie est vu comme une provocation et un danger potentiel pour le régime. Vivre est la base de tout crime, nul besoin d'en faire plus. Notre condition est triste, mais nous nous efforçons d'être heureux. Le temps d'une soirée en tout cas. »

Halim lève sa bière au ciel et trinque avec les étoiles dissimulées derrière un voile de nuages violacés. Il s'allume une autre cigarette avant de poursuivre.

« *Amal told me you are looking for your wife, is that right ?*

— Oui. Enfin, je n'ai pas beaucoup d'indices pour l'instant. Je ne sais pas où chercher.

— Tu finiras par trouver. Tout le monde sait tout sur tout le monde, ici. Les voisins veillent, les chauffeurs de taxi parlent beaucoup. Moi, si j'avais dû choisir un endroit où me cacher, je n'aurais pas choisi l'Égypte. Trop compliqué et trop dangereux à la fois.

— Pourquoi trop dangereux ? Parce que vous conduisez comme des fous ?

— Ha ha ha, pour ça, tu es au courant ! Si ce n'était que cela ! Non. Beaucoup de gens disparaissent ici, tu sais. Mais, la plupart du temps, c'est sans retour. Je vois que tu n'as plus de bière. Viens, on va t'en chercher une. »

À l'intérieur, quelqu'un a allumé la lumière du salon. Les traits de la jeune fille à la fleur écarlate jaillissent sur le mur. Son cou est tendu, son menton plus volontaire. Ses cheveux détachés flottent au gré d'une douce brise qui lui souffle dans le dos. On la croirait aussi impatiente qu'Amal tout à l'heure. À part Antoine, personne ne la regarde.

Tous sont debout et dansent en cercle joyeusement, autour d'un ordinateur posé sur la table basse. Sur l'écran, on voit des hommes en treillis gesticuler de la même façon sur un air de flûte nasillarde, rythmé de percussions.

Amal s'approche d'Antoine, lui tend une bière en geste de réconciliation. Elle lui explique. Ce sont les chefs des armées, avec le Maréchal au centre, lors d'une visite rendue aux chefs de villages traditionnels dans le sud du pays.

« De la pure propagande. Regarde comme ils ont l'air con. Ils ne savent même pas danser en rythme. »

Antoine n'a pas besoin de comprendre ce qui se joue pour voir le ridicule de la mise en scène. La réalisation est très mauvaise, alternant plans fixes et zooms maladroits sur les visages virant au bleu, mal éclairés, luisants dans la nuit. Il n'y en a que pour les chefs militaires. Derrière, on aperçoit les bras et les jambes de leurs interlocuteurs qui tentent de percer la ligne d'uniformes pour se faire une place dans la lumière. Ça s'agite en vain. Parfois, arbitrairement, un haut gradé se retourne, en attrape un d'une poignée de main, lui assène quelques tapes faussement sympathiques dans le dos quand la caméra s'arrête sur eux, s'embarrasse à peine de feindre la bonne entente puis le rejette dans l'ombre.

L'occasion de s'amuser est trop belle. Claquant les paumes de ses mains, poussant des cris de ralliement, Amar mène la danse. Ses membres ondulent avec exubérance. Il a passé à la hâte, au-dessus de ses vêtements, un T-shirt à l'effigie du Maréchal. Une large photo de l'homme fort de l'Égypte lui couvre le torse. Un képi sur la tête, le Maréchal sourit de son sourire habituel, de larges lunettes de soleil lui fendant le visage. Il fait un signe de la main à d'hypothétiques admirateurs restés hors cadre.

Les militaires se tortillent toujours et ainsi va Amar, un joint à la main. L'assemblée s'étrangle de rire. Les mains battent en rythme, les bouches crient. Le public en redemande. On attrape Antoine par le bras, qui n'a d'autre liberté que de rejoindre la ronde endiablée. Antoine se sent gauche, mais l'alcool aidant, il s'astreint à copier, presque avec plaisir, les masses de cheveux qui rebondissent et les poignets qui serpentent sous la lumière crue. Soudain, la musique cesse. Première salve d'applaudissements pour Amar.

« بس سكوت يا شباب !, Silence, silence les jeunes !, s'écrie Amar. Le Maréchal a quelque chose à nous dire ! »

Sur la vidéo, le Maréchal monte au pupitre avec une gravité empesée. Il se met à parler. Antoine le trouve très mauvais. Amal lui glisse à l'oreille, comme pour confirmer ses impressions.

« Regarde-le ! Sérieusement ? Quel plouc ! On dirait un puceau mal dégrossi qui débarque de sa campagne, qui bande à l'idée de passer à la télé. Il est au bord de l'éjaculation à chaque mot. »

Amar l'imite en tout point. Il répète un à un les mots prononcés, reproduit le ton à la solennité grandiloquente, la main sur le cœur et les sourires froids comme tatoués à vie sur le visage du Maréchal. Amar tord son visage jusqu'à la douleur. Il roule des yeux globuleux et vides. D'un geste masturbatoire, il feint d'arroser tout le monde. On dirait une grenouille sur le point d'exploser tant il est rougeaud et suant. Amar pousse soudain un grand cri. Son corps se dégonfle, ses joues se relâchent. Alors que son apparence redevient sienne, les rires débordent dans la nuit, traversent les murs et les fenêtres. Ses hôtes, repus d'excitation joyeuse, retombent, satisfaits, sur le matelas. Les mains tâtonnent à la recherche des dernières bières. Les joints tournent encore. Il commence à se faire tard. La soirée s'enfonce dans la nuit cairote.

Allongé sur un tapis, la tête posée sur un morceau de coussin, Antoine boit et fume. Il se sent presque chez lui ici, dans l'atelier d'Amar, cette ultime poche de résistance où l'on tient encore debout grâce à la splendeur de la dérision et au haschich. Par brefs moments, il se surprend à oublier Mariam. Sa recherche n'a pas avancé, mais qu'espérait-il ? La retrouver le soir même ? Antoine comprend qu'il va devoir composer avec les ressources dont il dispose et se montrer patient. Étrangement, Amal lui inspire maintenant confiance. Il a une foultitude de questions à lui poser sur Mariam – leur histoire d'amitié, l'Égypte, la révolution. Mais pas ce soir. Plus tard.

Demain. Les images commencent à danser devant ses yeux. La jeune fille à la fleur écarlate regarde toujours devant elle, avec confiance et espoir. Elle semble se dire qu'un lendemain est possible.

*Mais comment le reconnaître ?* se demande Antoine avant de sombrer.

## Recettes de cuisine

Kaouthar noircit les pages d'un carnet d'une écriture minutieuse et longiligne, presque scolaire. Elle aimerait que ça aille plus vite, que le stylo glisse plus lestement. Parfois, sa main se laisse aller – elle a tellement à dire, et les lettres débordent les carrés d'interligne. Kaouthar se reprend, il faut que ce soit lisible, lisible par le plus grand nombre, sinon pourquoi écrire ? Kaouthar a entrepris de tenir son journal à rebours des années. Les souvenirs arrivent comme des morceaux d'icebergs qui se détachent de la banquise, sans ordre, sans cohérence, énormes. Parfois, c'est l'inverse qui se produit : ce sont d'infimes cristaux de glace qui fondent sous la chaleur de ses doigts et lui échappent au moment où elle voudrait les saisir. Kaouthar est seule, chez elle, dans la nuit. Mohamed dort dans la chambre d'à côté. Il fait froid. Mais elle bout à l'intérieur, si fort, qu'elle ne sent pas ses mains s'engourdir. Kaouthar consigne tout dont elle se souvient, pêle-mêle, même les souvenirs les plus trompeurs, ceux qui ont été passés et repassés sous le rouleau de la mémoire, métamorphosés, sublimés. Elle ne vérifie rien – ni les dates, ni les chiffres. Il lui faut tout raconter jusqu'à la fin de l'histoire. Et tant pis pour l'exactitude.

À côté d'elle, l'ordinateur ouvert d'Ashraf projette une lueur bleue dans la salle à manger. Sur internet, au moins quinze onglets sont ouverts. Des journaux égyptiens, en arabe pour la plupart. Certains internationaux, en anglais. Des réseaux sociaux, Twitter, Facebook. Kaouthar les avait désertés après le coup d'État. Elle avait compté les morts à la morgue, elle comptait les arrestations dans sa propre famille, était informée par ricochet du départ pour l'étranger d'anciens amis. Elle n'avait pas besoin d'en entendre plus sur la fin de l'utopie. Elle ne voulait plus rien savoir.

Ce soir, elle a tout réactivé. Son compte Facebook d'abord. Elle s'est créé un compte Twitter aussi. Les pages luisent dans la pénombre d'une clarté clandestine. Halim l'a mise en garde. Parler sur Facebook est devenu plus dangereux que parler dans la rue. Les services sont aux aguets à l'approche de l'anniversaire de la révolution. Ils filtrent tout, le moindre mot-clé incitant à la révolte, la simple critique argumentée et, moins que ça, dire les faits suffit à vous mettre en danger. Il n'en faut pas plus pour être soupçonné et se retrouver candidat involontaire à l'incarcération, voire à la disparition.

Kaouthar ne cherche pas à concurrencer la propagande d'État. L'adversaire est trop bien installé. C'est du chiendent qui pousse sans que rien ne l'y invite, sans eau ni terre, dans n'importe quel foyer, y compris le sien. Elle veut en savoir plus sur ces histoires de disparitions dont Halim lui a brièvement parlé. Il évoquait des centaines de cas par jour. Comment est-il possible qu'elle n'en trouve trace nulle part ? La presse ne fait état d'aucune disparition incriminant les forces de sécurité. Les rares cas que Kaouthar relève sont liés à des affaires crapuleuses, des règlements de comptes entre familles, voisins, collègues, des jalousies qui se règlent à la lame sur la plateforme arrière d'un pick-up à l'orée du désert. Tout ce qu'elle trouve dans les journaux à force d'obstination sont de discrètes et déchirantes petites annonces, des photos de jeunes hommes, à peine sortis de l'adolescence, la moustache naissante, le regard timide, accompagnées de mots lapidaires où la terreur effleure, et d'un numéro de téléphone sur le modèle suivant : LE CAIRE – HELWAN – OUM AHMED IMPLORE LE TOUT-PUISSANT DE LUI RENDRE SON FILS – 01148694549. Malgré l'heure avancée, Kaouthar téléphone plusieurs fois. Ses appels se perdent dans le vide. Au bout d'un moment, quelqu'un finit par lui répondre. La voix à la respiration encombrée semble venir de l'au-delà.

« أنتي مين؟ وعايزة ايه؟, Que voulez-vous ? Qui êtes-vous ?

— J'ai vu votre annonce. J'appelle à propos de votre fils. »

Un soupir fatigué lui arrive dans le creux de l'oreille :

« Où est Ahmed ? Que lui est-il arrivé ?

— Je n'en sais rien. Je vous appelle pour… parce que moi aussi, j'ai perdu quelqu'un… je voudrais savoir justement ce qu'il lui est arrivé…

— Je ne peux rien pour vous. Laissez-moi. Vous ne m'intéressez pas. »

La voix raccroche brutalement. Toute la nuit, son écho hante le sommeil de Kaouthar.

Le lendemain matin, Kaouthar est appelée en urgence par une voisine. Une femme accouche dans l'immeuble d'à côté, sans sage-femme ni médecin. Elle ne veut pas qu'on l'emmène à l'hôpital. Même son mari ne peut lui faire entendre raison. Le travail a commencé, le bébé se présente bien, mais la femme est seule. Elle a besoin d'aide. Kaouthar rassemble le matériel dont elle dispose chez elle – un stéthoscope, des linges propres, des ciseaux aiguisés, du fil, des compresses, de l'eau stérilisée, du savon.

L'appartement où elle entre pourrait être le sien. On y voit les signes d'une lointaine tentative de décoration, d'une envie de se sentir bien chez soi qui aurait déserté les murs à mesure que les années passent. Kaouthar remarque la trace de cadres que l'on a décrochés, laissant derrière eux un rectangle de peinture dont l'éclat n'a pas encore été terni par la lumière du jour. L'odeur est familière, c'est comme une odeur de mélancolie et d'usure. Adossé au mur, près de la porte de la chambre maintenue entrebâillée, le mari se ronge les ongles.

« Elle n'a pas voulu être suivie par un médecin, ni par personne. Elle dit qu'à l'hôpital, هايخدوا منها العيل, on lui prendra son bébé. Notre voisine a su la convaincre que tu étais quelqu'un de confiance, qu'il fallait faire appel à toi. »

Kaouthar entre dans la chambre. La mère gît dans son lit au milieu des draps défaits, échevelée, avec déjà plusieurs heures de contractions dans le ventre. Kaouthar fait ce qu'elle a à faire, déroule les unes après les autres les actions qu'elle connaît par cœur : prendre le pouls de la parturiente, essayer de capter celui de l'enfant, installer la mère dans la position la plus confortable possible, déplier les linges et poser les questions nécessaires – la fréquence des contractions, les antécédents, les grossesses précédentes s'il y en a eu. La femme raconte qu'elle a eu des jumeaux. Kaouthar palpe le ventre, insère sa main dans le vagin de la femme jusqu'à sentir un obstacle rond et ferme.

« Ça devrait être plus facile alors. Il n'y en a qu'un et il est presque là. Encore un peu de courage, tu y es presque ! »

L'enfant est bien engagé dans le bassin. Kaouthar parle, parle tout le temps, pour expliquer, rassurer, diminuer la force des cris quand ils fusent à la faveur d'une contraction.

L'enfant arrive déjà. Kaouthar positionne ses mains autour de sa tête qui déboule dans le vagin et dont, bientôt, quelques cheveux dépassent à l'extérieur. Elle la manipule avec fermeté et délicatesse, enjoint sa mère à pousser une dernière fois, et, accompagnant les efforts de la mère et de l'enfant, tire le nouveau-né qui bientôt gigote dans le vide, sans dessein, le corps couvert de vernix, son cordon mou et bleuâtre flottant comme une voile au vent. Il crie presque aussitôt. Kaouthar l'examine rapidement. Son cœur bat comme il faut, sa trachée est désencombrée. Doucement, elle lui essuie le visage, l'enroule dans la plus douce serviette qu'elle a pu trouver et le pose avec soin sur la poitrine de sa mère en sueur, le corps étendu, comme écartelé, dans le lit zébré de larges bandes rouge sombre.

« Voilà, c'est un petit garçon. حلو اوي, Il est magnifique et en pleine santé. Je vous laisse faire connaissance. »

Kaouthar fait glisser à l'extérieur ce qu'il reste de placenta, nettoie la vulve de la mère, tire les draps baignés de sang. Concentrée sur ce travail, elle entend à peine les vagissements du nouveau-né et les réponses murmurées de sa mère. Quand elle a fini, Kaouthar relève la tête et contemple le joli tableau. Le visage de la mère penché sur celui du bébé, lové dans le creux du coude à bonne hauteur pour que l'un et l'autre puissent se voir et se reconnaître, tous deux baignés dans la lumière sur fond d'oreillers colorés, une méduse de cheveux bruns et blancs s'étalant dessus. La mère comme l'enfant ont tous deux le visage marqué, chacun à leur façon, par la violence de cette expérience physique extrême.

Kaouthar est émue. À chaque fois qu'elle pratique, elle revit son propre accouchement, la naissance de Mohamed, cette vague de sensations contraires, la douleur qui écrase tout jusqu'à la délivrance, l'avoir enfin en boule sur son cœur, son poing fermé, l'émotion tant attendue de la première rencontre, trop attendue peut-être et qui paraît du coup moins intense que ce qu'elle s'était imaginé. Le premier jour balance ainsi, entre évidence et incrédulité. Pour Kaouthar, la déferlante d'amour s'était élevée la nuit suivante. Elle n'avait pu dormir. Son fils exerçait sur elle une attraction trop forte. Il l'aimantait sans rien faire. Il lui avait été impossible de regarder ailleurs, ni même de fermer les yeux. Avec Ashraf, ils avaient bien pensé à avoir un autre enfant… mais le vent avait mal tourné, et trop vite. Le désir d'enfant les avait quittés, comme le désir tout court. Ils avaient perdu le goût de l'amour et de la vie.

La femme relève la tête et regarde Kaouthar. Elle a les traits fatigués. Son visage est traversé de rides qui lui forment des rigoles au coin des yeux. Des cernes bruns glissent sur ses joues. Elle n'est plus jeune. Elle n'est pas vieille non plus. Elle semble deviner les pensées de Kaouthar.

« Tu te demandes quel âge j'ai, hein ? Figure-toi que je ne le sais pas exactement. Quarante-quatre, quarante-cinq ans… Quarante-six peut-être ! Seul Dieu sait ! Et pourtant, j'ai eu cet enfant. Tu te demandes bien comment, hein ? »

Kaouthar s'attend à ce que la femme lui révèle les secrets d'une énième croyance populaire, comme elle en a tant entendu dans son travail. Elle ouvre la bouche pour avancer une réponse aussi médicale que possible, mais la femme lui coupe la parole avant même qu'elle puisse articuler un mot.

« Je vais te dire, moi, ce qui s'est passé. J'avais deux fils, oui, des jumeaux : Mahmoud et Ahmed. Ils étaient beaux, forts et si tendres avec moi, leur mère. Même à vingt ans, ils me laissaient encore caresser leurs cheveux comme s'ils en avaient quatre. Avec mon mari, on a économisé toute notre vie pour leur payer des études. On y croyait, aux beaux discours.

“Étudiez, travaillez, et votre vie sera meilleure.” Oui, on y croyait. On ne voulait que leur bonheur. Alors, on les a inscrits à l’université. Bien sûr, ils faisaient des bêtises comme n’importe quel jeune de leur âge, mais rien de grave. Un jour, ils ne sont pas rentrés à la maison. Ils ne répondaient plus au téléphone. On les a cherchés partout avec mon mari. C’était comme s’ils avaient été emportés par des *djinns*. Plusieurs mois plus tard, la morgue d’un hôpital nous a appelés. Ils avaient retrouvé Mahmoud. On nous demandait de vérifier que c’était bien lui. Il était tellement amoché. J’ai hurlé, hurlé pour mourir, tout mon corps ne voulait que mourir. Je me suis jeté la tête par terre, il fallait que la douleur cesse. Que Dieu ait pitié, je me suis évanouie, mais la douleur est restée. Ça me faisait trop mal d’imaginer tout ce qu’il avait souffert. Son visage, je te jure, tout pendait, sa mâchoire… Il lui manquait des dents. Mais moi, je l’ai reconnu. Une mère reconnaît toujours ses enfants. Tu as des enfants, toi ? »

Kaouthar articule, péniblement, comme si elle venait de se réveiller.

« اه ولد برده, Oui, un fils aussi.

— Ahmed, on ne sait toujours pas ce qu’il est devenu. »

La femme marque une pause. Elle cherche quelque chose dans le regard de Kaouthar, l’assurance de pouvoir parler, comme une raison de lui faire confiance. Kaouthar l'encourage de la tête.

« Après la mort de Mahmoud, je suis tombée enceinte. On n'a rien compris avec mon mari. On avait essayé d'avoir d'autres enfants après les jumeaux. Dieu n'avait rien voulu entendre. Jusqu'à cette nuit. C'est un enfant qui a poussé contre la mort. Son existence est une revanche sur ces chiens. »

Kaouthar n'a même plus un filet de voix pour l'aider à comprendre.

« Tu te demandes pourquoi ? Pourquoi ils ont disparu, c'est ça ? Pour une fois, j'en sais autant que Dieu. Qu'Il me pardonne ! Pour rien, je te le dis. On est des gueux, on marche en claquettes, on n'a pas de belles chaussures cirées. Mes fils n'étaient personne, et moi, pauvre femme, mes larmes, personne ne les voit. Il n'y a que les gueux qui disparaissent.

— C'est pour cela que tu n'as pas voulu aller à l'hôpital ?

— Les photos de mes jumeaux qui étaient accrochées dans le salon, je les ai décrochées. Je les ai cachées de peur qu'on me les prenne. Alors, accoucher à l'hôpital ? Jamais, tu m'entends. J'ai trop peur qu'on me l'enlève. Il ne me reste plus que lui. »

On frappe à la porte. C'est le mari. Elles avaient toutes deux oublié sa présence et son inquiétude muette. Il s'approche du lit et prend avec émotion le bébé dans ses bras, regarde Kaouthar avec gratitude et fierté – étonnant papa qui pourrait être grand-père. La femme essuie ses larmes discrètement.

« Toi, as-tu perdu quelqu'un ?

— J'ai perdu mon mari, il y a quelques jours.

— Ma pauvre, que Dieu le sauve. Que lui est-il arrivé, tu le sais ?

— Non, je ne sais rien.

— Arme-toi de courage et de patience. Le ciel t'aidera car tu es une femme respectable.

— Merci. Que Dieu te bénisse ! » s'entend répondre Kaouthar, rassemblant ses affaires et se préparant à partir.

Kaouthar marche dans la rue. Sa jupe longue traîne dans la boue. Des flocons de neige fondue tombent et achèvent de mourir sur son visage. Ashraf a disparu depuis plusieurs jours, et son absence ne lui a presque jamais effleuré l'esprit. Des pensées fugaces, oui, l'ont traversée lors de ses conversations avec Halim et Mohamed ; mais elle n'a pas songé à imaginer le monde sans Ashraf, ni Ashraf privé du monde – comme si, au fond, elle n'attendait plus rien ni de sa présence ni de son absence.

L'autre soir, quand il a frappé Mohamed, elle en était venue à le détester, cet homme violent et malheureux. La haine entre eux rôdait depuis longtemps mais, toujours, Kaouthar s'était efforcée de la repousser, d'essayer de comprendre avant d'accabler. Le coup porté sur leur enfant était le geste de trop : elle avait cessé de lui chercher des excuses. Elle le tenait maintenant responsable de tout – de leurs errances, de leur amertume, de leurs désertions. Il aurait pu mourir, cela lui aurait été bien égal. C'est sûrement ce qu'on appelle l'ironie du sort : son désir pour une fois s'accordait avec celui du régime. Ashraf avait disparu et, au fond, c'était ce qu'elle voulait, qu'il sorte de sa vie.

*En suis-je arrivée à détester l'homme que j'ai aimé ?* Kaouthar revoit le sourire d'Ashraf, si large, si lumineux, le jour où, à l'annonce de la chute du dictateur, il se jetait dans ses bras avec la spontanéité d'un enfant éperdu de joie devant un plaisir anodin du quotidien, l'achat d'un petit jouet ou la dégustation d'un cornet de glace au bord du Nil, un soir d'été. Ashraf ne connaissait pas la déception en ce temps-là. C'est cela que Kaouthar avait aimé chez lui, cette facilité qu'il avait à repousser les obstacles, à ne pas s'en faire, à se dire que, finalement, les choses arrivent un jour ou l'autre pour peu qu'on y croie et qu'on y travaille tous les jours : sa foi, légère et insouciante, capable de renverser des tyrans.

Ils avaient fait tant de choses ensemble ! Dès les premiers instants, la lutte et l'amour s'étaient entremêlés comme les lianes des banians, au point qu'il leur avait été impossible de les séparer. L'une n'allait pas sans l'autre. Le coup militaire avait brutalement aboli cet état de grâce, rétabli les barrières qu'ils avaient fait tomber durant la belle révolution. Ni seuls, chacun de leur côté, ni ensemble, ils n'avaient su se relever. Ils avaient été rattrapés par les vieux démons qui hantent les âmes humaines, cette part d'ombre irréductible, la croyance inamovible en la nécessité d'un pouvoir fort, prompt à punir, la peur paranoïaque à l'encontre de celui qui réfléchit autrement, le besoin de contrôler jalousement la liberté des autres et tant d'autres pensées malades, plantées dans les têtes des écoliers depuis des décennies. C'était finalement la pensée commune qui l'avait emporté. Les Frères n'avaient rien fait pour la contrer. Après tout, ils venaient de là, eux aussi. Les militaires n'avaient eu qu'à la conforter un peu. Ils avaient naturellement écrasé la possibilité d'autre chose. Cet autre chose, c'était eux, Ashraf et Kaouthar. On leur avait retiré le droit à exister ensemble. Ils avaient progressivement cessé de s'aimer.

Kaouthar repense à cette voix qui se mourait au téléphone. Elle imagine une unique pièce où trône un matelas loqueteux à même le sol, un réchaud, un sachet d'oignons secs et quelques boîtes de conserves alignées sur une desserte en plastique. Cette voix est celle d'une mère, desséchée de solitude, momie abandonnée qui n'a probablement que la télévision pour unique réconfort. Elle disparaîtra certainement seule, dans la misère et l'indifférence.

L'horreur passe sur le visage de Kaouthar. Cette attente à laquelle elle semble promise la terrorise. Elle ne connaîtra pas le miracle d'un nouveau-né qui surgira dans la vie pour la sauver. Va-t-elle attendre, espérer le retour d'un homme qui, s'il lui revient, sera certainement amputé d'une moitié d'âme ? Ashraf n'était déjà plus le même depuis longtemps. Kaouthar ne veut pas se battre pour retrouver l'homme qui a battu son fils. C'est décidé. Elle ne le cherchera pas. Elle laisse à Halim et ses avocats le soin de s'acquitter de cette mission. Kaouthar cherchera ceux qui restent. Elle rassemblera les vivants.

Sans attendre, elle rappelle la voix. Le lendemain, elle revoit la mère et son bébé. Les autres, elle finit par les trouver à force de mots-clés sur Facebook. Assez rapidement, elle agrège autour d'elle une communauté de femmes. Des mères, des sœurs, des fiancées, des amies. *À croire que seules les femmes veillent les disparus,* se dit Kaouthar. Elles seules ont la force de résister à l'absence sans devenir folles. Peut-être parce que, depuis des siècles, mains invisibles du foyer, elles sont aux prises avec une infinité de tâches quotidiennes dont elles se débrouillent seules. Elles triment, s'organisent pour que la famille ne manque de rien. Quand on leur enlève leurs proches, elles font comme elles ont toujours fait. Elles tiennent bon. Elles résistent à l'attraction du trou noir jusqu'à leur dernier souffle car si elles s'effondrent, c'est toute la famille qui disparaît.

Elles sont une quinzaine pour commencer. Kaouthar pressent qu'elles sont en réalité bien plus nombreuses. Certaines se connaissent déjà et se parlent régulièrement par messagerie instantanée. Kaouthar ne sait que très peu de choses sur leur véritable identité. Dès les premières discussions, des règles sont établies : utilisation obligatoire d'un nom d'emprunt, interdiction de mentionner un quelconque endroit précis.

Elles se parlent des heures durant, par petits groupes ou à deux seulement. Un nouveau fil de discussion est créé chaque jour, effacé aussitôt que la conversation a eu lieu. Pour pouvoir discuter sans danger, elles établissent un langage codé qui s'étoffe d'échange en échange. Un inconnu qui serait par hasard tombé sur leurs conversations y aurait vu des échanges pratiques de recettes de cuisine. Les titres choisis pour leurs groupes de discussion en attestent le contenu : *Le meilleur foul d'Égypte, Sandwich Tahameya*[1], *Koshari*[2] *sans huile*… La liste est longue. Elles multiplient les références à la cuisine égyptienne avec délice. C'est Kaouthar qui en a eu l'idée. Il fallait jouer avec la stupidité du régime, conforter les militaires dans leur

1. Falafel.
2. Plat traditionnel égyptien confectionné à base de lentilles, riz, pâtes et oignons frits.

bêtise. Les services de renseignement ne soupçonneraient jamais une bande de bonnes femmes qui parlent cuisine et chiffons !

Un nouveau langage prend corps sans même qu'elles aient besoin d'en édicter les règles. Les temps de cuisson correspondent au nombre de jours écoulés depuis la date de disparition ; les ingrédients manquants renseignent sur la nature des disparus ; les ustensiles sur la nature des services de sécurité impliqués. Quand Kaouthar lit le texte suivant sur sa messagerie :

J'ai fait mijoter pendant deux heures les feuilles de molokheyya mais hélas j'ai oublié d'y ajouter deux gousses d'ail. J'ai manqué d'attention, ça a accroché au fond de la casserole. Tout a cramé ! Sais-tu que c'est chez ma tante à Beni Suef que j'ai mangé la meilleure molokheyya de toute ma vie ?

Elle sait qu'elle doit comprendre : « *Mes deux fils ont disparu depuis cent vingt jours. Ils ont été arrêtés par la Sûreté de l'État, les poulets ont retourné la maison, c'était violent. On est de Beni Suef.* »

En fonction des tournures de phrases, du vocabulaire employé, de la qualité de l'orthographe, Kaouthar peut deviner si elle s'adresse à une jeune femme ou à une grand-mère, à une citadine ou à une paysanne. Jour après jour, elle ressent l'engouement tacite de ses interlocutrices qui participent toujours plus activement. Leurs interventions se font plus longues et plus précises. Elles complexifient leurs discussions, si bien qu'après quelques jours il n'est plus possible pour un étranger d'y rien comprendre. Entre elles, au contraire, la langue coule d'elle-même, comme l'eau d'un *wadi*[1] au printemps, claire et limpide.

Kaouthar compile, recopie dans son carnet toutes leurs histoires avant qu'elles ne soient effacées. Elle se plaît à imaginer les vrais noms de ses complices, à se représenter leurs corps et leurs visages, leurs attitudes, leurs voix. Le désert de sa vie se peuple d'une foultitude de personnages dont elle se sent étonnamment proche. Le frottement du crayon sur le papier lui érafle le cœur en une délicieuse caresse. Son corps s'emplit d'air comme les poumons d'un nouveau-né qui respire pour la première fois. Kaouthar le devinait intimement : rassembler les vivants lui permet de tenir debout. Une semaine plus tard, elle ne doute plus. Le 24 janvier, la veille de l'anniversaire de la révolution, elles sont prêtes. Celles qui viennent de Haute Égypte, du Sinaï et du Delta, prendront un bus dans la nuit pour atteindre Le Caire à l'aube. Dans la brume du matin, elles attendront le signal. À l'appel, elles descendront sur Tahrir.

1. Cours d'eau.

Euphorique, Kaouthar appelle Halim. Elle doit lui dire que tout va recommencer, que la lutte va reprendre. Son élan se heurte à la pâle dureté de la voix de Halim.

« Merci de m'appeler, Kaouthar. J'avais quelque chose à te dire.

— Moi aussi j'ai quelque chose à te dire. Je dois te voir, vite.

— Nous n'avons toujours pas retrouvé Ashraf. Nous ne savons pas où il est.

— Je ne m'attendais pas à autre chose. Tu m'aurais prévenue, non ?

— Nous devons suspendre les recherches. La pression est trop forte. La situation devient folle, tous ces gens arrêtés ces derniers jours – des médecins, des avocats, des journalistes... La moitié du centre-ville est sous les verrous, tu as suivi tout ça ? Ils nous tiennent à la gorge. Le parquet a gelé notre compte en banque. Nous n'avons plus une thune. Mon procès s'annonce mal. Il y a de forts risques pour que je sois reconnu coupable.

— Je ne comprends pas.

— Nous sommes en danger, Kaouthar. Nous sommes harcelés au téléphone par les services de la Sécurité. Ils ont posté des types en bas qui nous surveillent vingt-quatre heures sur vingt-quatre. Nos téléphones sont sur écoute. شوية وهتلاقيهم هنا, Ils vont bientôt débarquer.

— Alors, vous arrêtez ?

— On va faire profil bas pendant quelques semaines.

— Attends, j'arrive. Laisse-moi deux heures, le temps de faire le trajet. Il faut que je te parle.

— Non, ne viens pas. Reste où tu es. »

Kaouthar a déjà raccroché.

## La corniche

Une lumière blanche attire son regard, ses yeux s'agitent sous leurs paupières closes. Antoine se réveille péniblement, la tête lourde. Les souvenirs de la veille lui tapent dans le crâne à coups de massue. En face de lui, la jeune fille est là, sur le mur, de profil toujours, élancée vers l'inconnu. L'appartement est désert. Amar et ses complices ont disparu. Antoine est seul et il a la gueule de bois.

Il se rassemble comme il peut, regagne son hôtel, y prend une longue douche. L'après-midi est déjà bien entamé ; il se décide à suivre la deuxième et dernière piste dont il dispose, rendre visite à Omar, un cousin éloigné du père de Mariam. Antoine l'avait appelé la veille pour le prévenir de sa venue. Amal avait joué les interprètes. Un rendez-vous avait été conclu. Alors qu'il se glisse dans le taxi, une fatigue lourde le surprend. Il se sent épuisé à l'idée de rencontrer cet homme et sa famille alors même qu'ils n'ont pas trois mots de vocabulaire en commun. Antoine pressent le fiasco.

Omar habite encore la maison familiale où Mariam enfant passait ses étés. Elle se situe dans le quartier des garagistes, un entrelacs de ruelles de terre battue, coincé entre les quatre voies, les hôtels clinquants de la corniche et les immeubles historiques du centre-ville. La surface, tassée sur elle-même, constitue une survivance anachronique aux tentatives répétées des autorités municipales de repousser les quartiers populaires au-delà du centre-ville.

Le taxi s'engage dans un chemin étroit et cahoteux. Au bout d'une dizaine de mètres, alors qu'il a la possibilité de prendre une rue plus large à droite, de s'échapper et de rejoindre la ville bétonnée, il annonce de la main à Antoine qu'il n'ira pas plus loin et le presse de descendre. N'ayant d'autre choix, Antoine s'exécute de mauvaise grâce.

Il avance au hasard des allées huileuses, dans les bruits de soudure. De vieux pneus entassés contre les murs attendent le jour où ils reprendront du service. Des pots d'échappement pendent au-dessus du sol comme des carcasses d'animaux à des crochets de boucher. Des coups de marteau éclatent sur les carrosseries, se répercutent par ricochet dans les tempes d'Antoine. Les vapeurs d'huile et d'essence lui montent à la tête. Il ne sait déjà plus où il est. Dans son errance, il ne remarque pas qu'une troupe d'enfants curieux le suit avec excitation. Il y a du monde aux fenêtres pour voir l'étranger déambuler. On se passe le mot et, très vite, bien avant qu'Antoine n'ait le sentiment d'être complètement perdu, Omar, alerté par le voisinage, le retrouve au détour d'une ruelle. Omar est habillé d'une large *galabeyya*[1] blanche. Il a brossé ses cheveux vers l'arrière. Ses joues sentent la crème de rasage. Il tend une main vigoureuse, puis serre Antoine dans ses bras comme s'ils étaient des amis de longue date. Antoine comprend qu'il est attendu. Par Omar, et par tout le quartier. Dans son dos, les gamins ricanent. La visite tourne au désastre. Omar l'emmène chez lui, tous les deux suivis d'une troupe grandissante. L'oncle le fait entrer en grande pompe dans l'immeuble. Antoine serre les mains qui se tendent autour de lui comme s'il était un personnage important, se sentant complètement dépassé par cet élan collectif dont les intentions lui échappent. Il se sent mal à l'aise, pas à sa juste place. Il aimerait fuir.

Amina, la femme d'Omar, célèbre l'arrivée d'Antoine en poussant des youyous. L'étranger déjeune chez

1. Tunique longue traditionnelle portée par les hommes et les femmes.

elle, c'est jour de fête, qu'on le sache ! La porte de l'appartement se referme sur le vacarme et l'agitation du dehors. Antoine en profite pour observer les lieux. Les murs sont recouverts d'une peinture vert d'eau qui s'écaille dans les coins. Un écran de télévision, immense, est posé au milieu du salon vide. Un large tapis fait office de mobilier. Par endroits la toile est tellement usée qu'elle laisse entrevoir au travers d'une poignée de fils rescapés du temps qui passe des morceaux de carrelage. Antoine se demande si ce tapis était déjà là du temps de Mariam. Il voudrait voir la chambre où elle dormait. Mais le langage lui manque et, déjà, Amina dispose une dizaine de plats à même le tapis. La scène ressemble aux repas que lui racontait Mariam. Des morceaux de poulet frits fument dans un grand plat en métal. Deux assiettes débordent de pâtes et de pommes de terre. Antoine reconnaît la *molokheyya* qu'il avait découverte chez les parents de Mariam. Assis en tailleur, ils mangent tous les trois à la hâte, laissant la télévision faire la conversation à leur place. Antoine ne se fait pas prier pour reprendre du poulet. La chapelure grasse et croustillante lui réchauffe le cœur et lui remplit l'estomac. Il se sent ragaillardi. Amina est ravie. Elle lui remplit son verre de soda orange fluo et s'affaire déjà en cuisine pour préparer le thé qui viendra clore ce déjeuner de fin d'après-midi.

L'affaire se corse alors qu'Antoine essaie d'expliquer l'objet de sa visite. Il fait glisser devant Omar et Amina des photos de Mariam, de leurs deux filles, Nina et Zoé, tente par de vains gestes de mimer la fuite de Mariam. Le message ne passe pas. Ni Omar ni Amina ne le comprennent. Son entreprise est un échec complet. En retour, Amina l'accable de questions auxquelles il ne comprend rien. Puis, à force de tentatives restées sans réponse, elle se pose en face de lui et le regarde, incrédule et inquiète, comme on regarde un être étrange. Antoine est désolé d'être si décevant. Omar s'accommode avec tranquillité de sa présence qui n'ajoute pas grand-chose finalement au quotidien ordinaire. Il caresse son ventre rebondi avec satisfaction, et ne se détourne plus de l'écran de télévision.

Antoine commence à trouver le temps long. Un sentiment ambigu et désagréable le gagne. Il se sent pris au piège et coupable à la fois, coupable d'avoir réveillé des attentes infondées, incapable même de se faire comprendre de ces gens qui n'ont rien demandé. Maintenant il doit donner le change, se comporter comme celui que l'on attend, l'étranger sûr de lui, content d'être là. C'est au-dessus de ses forces. Un coup sec à la porte anéantit ses espoirs d'un départ imminent. De l'autre côté se pressent dans un désordre joyeux des femmes, des hommes, des enfants. Tout l'immeuble a décidé de se déplacer pour rencontrer l'étranger. Ils entrent dans le salon exigu d'Omar et Amina. Les retardataires restent sur le seuil, certains sont assis dans les escaliers. Antoine se sent observé par les enfants, commenté par les adultes. Amina intervient à chaque instant dans la conversation comme si elle en savait long sur ce lointain cousin venu de France, ce personnage qui vient rompre la routine, qui étonne avec son air ahuri… et dont on a bien envie de rire aussi. Toutes les occasions sont bonnes à prendre.

Après plusieurs verres de soda et quelques heures de discussions erratiques, Antoine mobilise les forces qui lui restent. Il répète dans sa tête le déroulement de son action comme pour se donner du courage. Il va se lever, serrer chaleureusement les mains de ses hôtes, remercier Amina pour sa délicieuse *molokheyya*, rentrer à l'hôtel. C'est simple, évident. Il n'a qu'à enjamber une vingtaine de corps agglutinés entre lui et la porte et affronter leur regard. À force de tergiverser, Antoine se lève soudain et renverse dans sa précipitation son verre de soda qui se répand en une mare de bulles sur le tapis. Amina se précipite pour essuyer : Antoine voudrait aider mais on lui refuse tout geste. Jamais il ne s'est senti aussi impuissant.

Dehors, enfin libre dans l'obscurité de la nuit, Antoine respire de nouveau. Au risque de se perdre, il décide de rentrer à pied, de refaire le trajet dont

Mariam lui avait parlé, celui jusqu'au bord du Nil. D'un pas leste, il esquive les flaques d'huile, goûte la rumeur de la ville maintenant que les scies à métaux et marteaux de carrosserie se sont tus, et débouche, plus vite qu'il ne l'aurait cru, sur la corniche. Les feux des véhicules glissent sur les quatre voies dans un roulement continu de moteurs. On entend au loin de la musique qui file sur la surface moirée du fleuve.

Antoine s'accroche aux trajectoires des passants qui courent en travers de la route pour gagner un large trottoir qui s'étire au bord de l'eau. Le vent nocturne a balayé la tiédeur du jour. Malgré le froid, des familles entières se promènent. Au pied des lampadaires, les enfants courent après leurs ombres. Ils slaloment entre les marchands ambulants de barbe-à-papa et de graines de tournesol. Antoine se sent très seul soudain. Nina et Zoé lui manquent. Il les appellera demain en fin d'après-midi, à leur retour de l'école. Il imagine ce que ce voyage aurait pu être s'ils étaient partis tous les quatre : un pèlerinage doux et fantasque sur les traces de l'enfance de Mariam. Car, enfin, Le Caire lui plaît. Et il plairait aux filles, il en est certain. Il aime l'énergie brutale qui s'en dégage, l'absence de politesse, la drôlerie des gestes et la nonchalance des corps qui l'habitent, la splendeur décadente des rues du centre-ville, le fracas permanent et le temps qui s'écoule sans que l'on s'en soucie. Antoine s'y sentirait vivant et libre en d'autres circonstances.

Ce soir, il aimerait que Mariam soit à ses côtés. La corniche du Nil est le seul endroit en Égypte dont elle gardait un bon souvenir. Elle pourrait très bien se promener, ici, parmi ces familles et ces couples qui déambulent dans la nuit, picorant du bout des doigts une barbe-à-papa aérienne. Antoine regarde les visages des femmes à la dérobée, cherche des traits communs à ceux de Mariam, les yeux en amande qui traversent le visage, les pommettes hautes, le nez aquilin dont la finesse tranche avec la bouche, large et charnue. Il se plaît à croire que Mariam est là. Ils se tiennent par la main, ils embarquent sur une felouque, partant tous les deux à la dérive vers une destination de possibles. Antoine se demande ce qu'il a raté. Pourquoi n'a-t-il rien vu ? Pourquoi n'a-t-elle rien dit, jamais ? De son adolescence douloureuse. De son besoin d'Égypte, malgré tout. De son aspiration révolutionnaire qui devait la tirailler depuis des années. Une fois, au tout début de leur histoire, Mariam lui avait confié qu'elle l'aimait car il était un garçon sans histoire. Antoine s'en était étonné. « *Tu ne traînes rien derrière toi* », s'était-elle expliquée. Que traînait-elle derrière elle ? Antoine s'en veut aujourd'hui de n'avoir pas alors osé le lui demander. Pourquoi s'était-il contenté de supposer à partir de ce qu'il savait ? Peut-être parce que, comme souvent, Mariam avait clos la discussion en disant qu'elle l'aimait aussi car il ne posait pas beaucoup de questions.

Jamais il ne l'aurait crue capable de faire une chose pareille, de laisser tout en plan derrière elle – ses filles, son mari. On n'abandonne pas ainsi les gens qu'on aime. C'est fou, égoïste, indigne même. Antoine regarde les eaux mouvantes et opaques du Nil et se dit qu'au fond, il ne connaissait pas Mariam, pas plus qu'il ne la connaît aujourd'hui. Son enquête égyptienne ne lui a rien appris. Antoine se découvre nostalgique d'un amour qui n'a peut-être jamais existé. Cette pensée lui est insupportable. Alors il s'accroche à ce qui lui reste d'espoir. La possibilité d'être ensemble de nouveau. Que tout redevienne comme avant ce soir stupide où les carnets ont surgi dans leur vie commune. Antoine aurait préféré ne pas savoir. L'aimer en aveugle suffisait à son bonheur. Pourquoi a-t-il fallu qu'elle détruise tout ? *Mariam, reviens, tu n'as rien à craindre, je peux tout entendre, je ne veux rien savoir. Reviens. Je t'aime malgré toi. Je ne sais pas comment le dire autrement.*

Arrivé au bout de ses pensées, Antoine enfouit ses mains froides dans ses poches. Le vent s'est levé pour de bon et lui cingle le visage. Il est temps de faire demi-tour, de regagner le centre-ville et son hôtel. Antoine marche ainsi, le menton et les épaules rentrés, quand il lui semble apercevoir devant lui une silhouette familière. Un bouquet de cheveux balayés par le vent sur deux jambes frêles qui tricotent dans la nuit. Antoine cligne des yeux plusieurs fois.

C'est Mariam. Il en a la certitude. Il l'appelle de toutes ses forces. Ses cris se perdent dans l'obscurité. L'ombre ne se retourne pas. Elle semble, au contraire, accélérer le pas. Sans prévenir, elle coupe en son milieu un rond-point bouché par la circulation. Antoine se met à courir comme un fou, manquant de se faire renverser. Il enjambe en un saut la barrière métallique qui longe le trottoir. Mariam n'est plus qu'à une dizaine de mètres. Antoine peut presque toucher l'ombre rebondissante de ses cheveux. La lumière des devantures éclairées tombe crue sur ses épaules. Mariam court maintenant, se faufile avec aisance entre les passants. Soudain, elle disparaît. Elle emprunte un étroit passage qui file à droite entre deux immeubles. Antoine la suit. Il entend le bruit de ses pas qui tapent contre les murs. Il sort du goulet obscur et déboule sur la rue Talaat-Harb, cette large artère où il était resté paralysé la veille. Un café lui barre le passage. Il renverse une table, en enjambe une autre. Un serveur bondit, tente de le retenir, puis c'est de nouveau la foule qui l'empêche d'avancer. Le voilà bloqué comme au premier jour. La silhouette a disparu.

Antoine éclate en sanglots dans les bras du serveur qui s'apprêtait à lui coller son poing dans la figure. L'homme se ravise, déconcerté par la vision de cet adulte, cet homme occidental qui pleure comme un gosse. Le tenant toujours par l'encolure de la veste, il le cale sur une chaise, ramasse la table qui gît à terre et lui tend quelques minutes plus tard un café à la cardamome bien serré et un paquet de mouchoirs. Les larmes sont éphémères. Antoine a déjà séché les premières rigoles d'un revers de manche. Mais à l'intérieur, il est rompu par le chagrin. Il se sent misérable. Ses habits puent le quartier des garagistes et l'huile de vidange. Il n'a plus de plan, plus de piste, aucun scénario sérieux. Mariam était là, il la touchait presque. Avait-il rêvé ? Était-ce cela, l'histoire de sa vie, croire aux mirages, être amoureux d'une chimère, se faire mener en bateau par une femme sans cœur ? Il ne se sent plus la force de continuer ses recherches. La solitude l'écrase. *Va te faire foutre, Mariam. Si tu ne veux pas que je te trouve, alors j'arrête de te chercher.*

## Le Bureau

Halim ouvre la porte en grand, inondant de lumière blanche la cage d'escalier et le palier. Il a l'air fatigué. Il semble avoir plus vieilli depuis son passage à Ezbet el Nahl il y a quinze jours qu'en sept ans. Kaouthar entre. C'est la première fois qu'elle revient au Bureau depuis le coup d'État. Le vieux parquet grince sous ses pieds. Elle reconnaît l'agencement des pièces, la grande table de réunion dans la pièce principale, puis ce long couloir qui part vers la droite, distribuant plusieurs petits bureaux de chaque côté avant de s'achever sur un coin cuisine, avec un petit réfrigérateur encastré sous l'évier. L'odeur la saisit comme une vieille connaissance. C'est un mélange d'essence de cire pour parquet, de parfum de café à la cardamome, de relents de tabac qui viennent du balcon toujours ouvert, hiver comme été.

On a décroché les posters et les banderoles. Les graffitis ont disparu sous une couche de peinture.

« Et nos photos ? Tu te souviens ? Nous avions accroché des photos de nous durant les manifestations, ici, sur cette porte. Des photos de notre mariage avec Ashraf, aussi, et de Mohamed tout bébé. Tu les as enlevées ? » demande Kaouthar, émue face à la surface vide.

Halim fait oui de la tête.

« Tu les as jetées ?

— أنا استنيت سنين, J'ai attendu plusieurs années. J'ai fini par le faire. »

Kaouthar est trop bouleversée pour se laisser attrister par la disparition de quelques photos. Que c'est bon d'être de retour ! Elle sent bouillonner en elle l'énergie d'une militante de vingt ans prête à descendre pour sa première manifestation. Son passé et son présent se superposent. Elle se souvient des consignes, des lieux de rassemblement tenus secrets, des SMS codés échangés la veille du 25 janvier. Demain, elle descendra de nouveau pour l'anniversaire de la révolution. Avec ses complices, elles observeront la même prudence. Chacune sait ce qu'elle a à faire, ignore tout de la mission des autres. Si l'une d'entre elles est arrêtée, son ignorance protégera les autres.

Kaouthar triture du bout des doigts une épaisseur rigide logée dans l'ourlet de son voile. Elle sourit pour elle-même, satisfaite. Consciente du danger qui l'attend demain, elle a tout prévu. Toute la nuit, elle a retranscrit sur son ordinateur son histoire et celles racontées par ses complices. Elle a tout sauvegardé sur cette minuscule clé USB dissimulée dans un bourrelet d'étoffe pour que personne ne s'en empare. Elle compte la confier à Halim au cas où les choses tourneraient mal. Il pourra transmettre ces histoires à la presse, ici et hors du pays. Kaouthar peut à peine contenir son excitation.

« Halim, il faut que je te parle.

— Tu ferais mieux de rentrer chez toi, Kaouthar. On est en train de vider le Bureau. On ne peut plus rester ici, c'est trop dangereux. On va planquer tous nos dossiers.

— Halim, tu ne comprends pas. Il se passe quelque chose. Il faut que je te parle. Maintenant. Seuls. »

Ils referment la porte du bureau de Halim sur eux. Kaouthar lui explique. Son armée de l'ombre, ces femmes qui font corps ensemble contre les disparitions. Elles sont plusieurs centaines maintenant. Le régime peut bien mettre en œuvre son ignoble projet d'effacement. Elles n'ont peur de rien. Elles n'ont plus rien à perdre maintenant qu'elles se sont trouvées. De toute l'Égypte, elles arrivent. Demain, elles seront mille sur Tahrir.

Halim l'écoute, les mains jointes comme s'il priait pour leur salut. Il est effondré.

« Kaouthar, tu n'es pas sérieuse ? Vous n'y pensez pas ?

— Bien sûr que si. Demain, nous marcherons. Nous sommes prêtes.

— Demain, c'est l'anniversaire de la révolution. Tu as vu les tanks positionnés sur la Place ? Tu as vu les troufions des forces de Sécurité centrale bien alignés à l'entrée de chaque rue et autour des bouches de métro ? Tu crois qu'ils ne sont pas prêts, eux ?

— On s'en fout.

— Ah mais c'est parfait ! Carton plein ! Vous allez leur faire plaisir, tu sais ! Il n'y a rien qui les excite plus que de pouvoir casser de la femme. Je suis certain qu'ils se réjouissent d'avance. Et puis, s'ils peuvent en doigter une ou deux au passage, c'est encore mieux. Allez les gars, c'est gratuit, servez-vous ! Mais, putain, réveille-toi ! Tu ne vois pas que plus personne n'y croit, à ta révolution ? On lui crache à la gueule, on la piétine, on n'en a plus rien à foutre. Même moi, je suis fatigué, putain.

— Je ne te demande pas ton aide, Halim. Je descendrai seule s'il le faut.

— انتي مجنونة, Kaouthar. Putain, tu es folle. »

## Antoine

« Réveille-toi, *habibi. Wake up!* Je t'ai rapporté des sandwichs *foul tahameyya.* Les meilleurs de tout West el Balad[1]. Allez, lève-toi. On a du boulot. »

Antoine gémit. Il lui semble que son corps n'est que courbatures. La peau autour de son visage, de son crâne jusqu'à sa nuque, lui tire. Agressé par la lumière crue, il plisse les yeux, essaie de faire le point sur le visage tendu au-dessus de lui.

« Hé oui, *habibi*, il fait jour. Allez, dépêche-toi, il est déjà tard. On n'a plus beaucoup de temps. »

Assis sur le bord du matelas, Amar se roule un joint. Antoine s'assoit avec lenteur et regarde autour de lui. C'est le deuxième matin d'affilée qu'il se réveille chez

1. Le centre-ville du Caire.

Amar. Comme hier, il est plutôt mal en point. Il essaie d'ordonner les séquences de la veille : la corniche, Mariam ou son fantôme, la course-poursuite, la foule, Mariam ou son fantôme qui disparaît, son dépit, sa fatigue, la solitude qui demeure. Antoine se souvient ensuite s'être réfugié chez Amar pour une soirée aussi longue et enfumée que la première. Et puis plus rien : de toute évidence, il s'est endormi sur ce matelas comme la nuit passée.

« *Yes you slept over*, lui confirme Amar. Allez, *habibi*, je sais que tu es triste avec ta femme qui aime trop la liberté. Mais tu dois m'aider maintenant.

— Ah bon ?

— Oui, oui : tu t'es engagé à m'aider la nuit dernière. Tu avais de grands projets. Finir le collage de Shaimaa, nettoyer l'appartement pour en faire un musée. Comment tu disais ? Ah oui ! Tu disais réagencer la scénographie. Ha ha ha, petit salaud ! Fais-toi plaisir, tu as carte blanche !

— Et j'ai vraiment parlé de Mariam ?

— Ah ça oui, un bon moment. Mais nous en sommes tous arrivés à la conclusion qu'il ne fallait plus l'attendre. Elle reviendra... ou elle ne reviendra pas. Mais tu n'y peux rien. C'est comme ça.

— "Nous" ?

— Oui, tous les gens qui étaient là. On était tous autour de toi. On t'a offert une séance de thérapie de groupe, *habibi*. Tu étais le seul malade et on était tous des médecins. Tu vois, on prend soin de toi. Sauf qu'on est tous des grands malades en vrai ! Allez, je te fais un café. Bouge-toi maintenant !

— OK, OK, ça va. Qu'est-ce que je dois faire exactement ?

— On va commencer par faire un peu de tri. Toi, tu peux passer un petit coup de balai par terre, là. »

Amar chantonne en pyjama, son joint et son cendrier le suivant de près. Il classe, s'amuse de vieilles babioles dont il avait oublié l'existence, s'émeut quand il tombe sur un objet, une image, un poème.

Avec une excessive douceur, comme s'il se moquait de ses propres sentiments, il passe un coup de plumeau sur la jeune femme à la fleur.

« Qui est-ce ?, demande Antoine.

— Une femme que j'attends. Une muse, une amante, la révolution, je ne sais pas. Elle est là, quelque part, et elle m'attend aussi. »

Antoine aussi aimerait que Mariam l'attende quelque part. Mais il n'y croit plus. Il repense à sa décision prise la veille. Arrêter de la chercher, arrêter de subir. Mais comment suspendre la douleur ? Antoine se sert un café et regarde Amar. Amar, stoïque, met ses affaires en ordre avant la bataille qui s'annonce. Il prend soin d'observer chaque chose avec justesse, comme si cette caverne, ces dessins et ces objets ne pouvaient survivre sans son regard. Sa résignation heureuse console Antoine, lui fait l'effet d'une écluse qui ouvre ses vannes. L'eau qui coule aspire le chagrin, le brise dans ses remous et le disperse au loin, jusqu'à ce que l'onde soit hors champ. Une fois l'espace clair et vide, Amar dispose avec délicatesse le triptyque de Shaimaa au sol. Il caresse le dessin comme il caresserait les joues de son amante endormie. Le geste lave la mémoire lourde d'Antoine. Il a déjà moins mal.

Le collage est presque fini. C'est un croquis noir et blanc, un entrelacs de lignes sobres et fines, avec çà et là des auréoles de rouge, d'abord claires puis de plus en plus foncées. Le corps de Shaimaa se désarticule en trois mouvements. D'abord son buste se cabre sous l'impact de la balle. Puis elle chute. Son visage exprime l'étonnement. Elle semble s'interroger : *Qu'est-ce qui est le plus douloureux ? La douleur elle-même ou la perspective de mourir ?* La tête fléchie, la poitrine en sang, elle s'abandonne enfin aux bras qui la portent vers les secours, qui l'accompagnent, précipités et malhabiles, dans la mort.

« *It is beautiful.*

— Oui. C'est vraiment dommage que ces cochons n'apprécient pas la beauté.

— Tu parles des flics ?

— Oui. Les flics, les militaires, les juges.

— Ce n'est pas la beauté qui les dérange, c'est le sujet. Tu ne crois pas ?

— Je te jure, la beauté, ça leur fait mal aux yeux. Ça leur fait peur car ils voient soudain que tout pourrait être différent. Ça les terrorise, ils se sentent perdus et se mettent à courir dans tous les sens comme des poulets à qui on a tranché le cou. Je t'assure, ils préfèrent vivre dans leur merde. Ils ne comprennent que ça.

— Et tu vas en faire quoi de Shaimaa maintenant ?

— Je vais finir le travail et aller la coller sur le mur de Mohamed Mahmoud cette nuit.

— Tu n'as pas peur qu'ils t'en empêchent ?

— Et pourquoi ?

— Je ne sais pas ; depuis que je suis arrivé, Amal, Halim et d'autres me parlent de l'anniversaire de la révolution comme si c'était la fin du monde. Apparemment, les gens se font arrêter chez eux, dans la rue, partout. Et on ne sait pas où ils sont emmenés.

— Je m'en branle de ces connards ! Et tu sais quoi ? Moi, je les invite ici. Entrée gratuite pour tous les porcs demain ! C'est l'anniversaire de la révolution, il faut que tout le monde en profite. D'ailleurs, j'attends tes conseils, monsieur le scénographe. »

L'après-midi avance comme ça, Amar dessinant, Antoine préparant un fléchage, des tickets pour l'hypothétique ouverture du musée le lendemain. Le quatrième appel à la prière de la journée annonce le déclin de la lumière dans sa bataille contre les assauts du crépuscule. Le téléphone d'Antoine sonne. C'est Amal.

« Salut Antoine. Ça va ? Toujours pas de nouvelles de Mariam ? Non ? Non, moi non plus, rien. Bon, écoute, tu vas venir me rejoindre au bureau. C'est à quelques rues de chez Amar. Tu prends tes affaires. Cette nuit, tu dormiras chez moi à Zamalek. Il y a de la place pour quinze, ne t'inquiète pas. S'il te plaît, fais ce que je te dis. Maintenant. C'est trop dangereux de rester au centre-ville cette nuit. Propose à Amar, même si je sais qu'il va refuser. Je t'attends. Dépêche-toi, s'il te plaît. »

Un peu plus tard, Antoine frappe à la porte du bureau d'Amal. Elle lui ouvre. Elle est au téléphone, affolée. Elle raccroche et se met à courir.

## La fuite

Amal entre dans le bureau de Halim, le visage livide. Antoine se précipite après elle. Dehors, le temps s'écoule, linéaire et plein. Les branches d'un banian se balancent, imperturbables. Abrité sous ses larges feuilles, un couple de perruches colorées chante l'éclat du crépuscule. Kaouthar regarde les corps immobiles d'Amal et Antoine, brutalement arrêtés dans leur élan, encore modelés par l'urgence. Sa main à lui ne lâche pas la poignée de la porte, son coude dessine un angle à quatre-vingt-dix degrés. Elle est devant, en appui sur sa jambe avant comme une athlète prête à la détente. Kaouthar laisse son regard remonter, les dévisage en détail, intriguée par les raisons de leur irruption soudaine. Elles les trouvent très beaux tous les deux malgré la peur qui fige leurs traits. Sans qu'aucun indice tangible ne vienne aiguiller son jugement, elle les associe l'un à l'autre. Elle les imagine amoureux. Au loin, des sirènes émergent de la rumeur automobile. Halim a compris.

« Une source du ministère de l'Intérieur vient de m'appeler. On a dix minutes », articule Amal dans un souffle.

Halim lâche un cri étouffé et donne un coup de poing sur la table. Des liasses de papiers empilés s'envolent dans un bruit d'orage. Kaouthar se baisse pour les ramasser. Halim hurle pour de bon.

« Laisse tomber, Kaouthar ! Tu m'écoutes, pour une fois ? ! امشي, Tu te casses ! »

Il rabat l'écran de son ordinateur d'un coup sec. D'un revers de bras, il fait tomber dans une souple mallette en cuir les disques durs, un appareil photo, quelques cartes-mémoire rangées sur l'étagère. Les objets gonflent la sacoche dont les coutures menacent de craquer. Sa main pressée entraîne Kaouthar qui jette, par-dessus son épaule, un dernier coup d'œil aux perruches à la joie souveraine. Les bienheureuses. Elles savent que demain le jour se lèvera encore.

Ça court dans le couloir. Devant la porte d'entrée, Antoine entasse avec urgence quelques cartons remplis de dossiers et de publications. Amal décroche les photos de disparus encore punaisées au mur.

Halim balance ses affaires sur le palier. Il tape dans tout ce qui est à sa portée : murs, meubles, portes.

Certains de ses collègues se figent malgré l'urgence. Jamais on ne l'a vu dans un tel état de rage. Autour de lui, les murs se resserrent, l'air vient à manquer. Il assiste, impuissant, à l'effondrement d'un monde. Il ne suffisait pas au régime de lui confisquer l'extérieur, les rues, la place Tahrir. Il lui fallait aller jusqu'au bout, lui prendre son précieux bureau, ses quelques mètres carrés de conscience, sa raison de vivre. Halim voudrait s'accroupir, laisser s'affaisser sa tête, lourde, entre ses bras croisés, prendre le temps de pleurer. Mais cela aussi, on le lui refuse. On ne lui laisse même pas la possibilité de se retourner une dernière fois sur ses souvenirs, d'en convoquer quelques-uns qui l'aideront à vivre. À toute vitesse, il revoit ces nuits passées à préparer ses plaidoiries, le jour blanc qui se lève sur Le Caire, son regard effaré dans le miroir des toilettes quand il se passe de l'eau sur le visage pour avoir l'air plus présentable devant la Cour, et la conviction intime d'être prêt pour un procès qu'il se refuse à penser perdu d'avance alors qu'il sait que la justice en Égypte est un fruit pourri. Avec la même fulgurance, sa mémoire remonte jusqu'à la révolution. La veille du 25 janvier. À l'époque, il militait dans la clandestinité. Il se retrouvait avec une poignée d'autres dans des arrière-salles de café ou des locaux associatifs exigus : ils changeaient d'endroit régulièrement pour ne pas se faire repérer. Eux-mêmes peinaient à croire au grand jour alors qu'ils préparaient en secret le parcours des manifestations. Seuls les chefs d'îlots étaient informés des points de départ. Rien ne devait filtrer plus bas. Le cloisonnement était le maître-mot. Avec une petite équipe d'une dizaine de personnes, ils avaient pour mission de circonvoluer à travers Le Caire. Prendre le métro, puis le microbus, le métro encore, le *touk-touk* enfin. Une fois arrivés au bout du bout de la ville, dans un quartier sans route ni école, ils devaient entraîner ses habitants dans leur révolte. Ce jour-là, tous les groupes avaient convergé vers Tahrir. La police avait laissé faire sous un éclatant soleil. Halim voudrait se souvenir encore mais il est déjà trop tard. En quelques mots, Amal l'arrache à sa nostalgie.

« Halim, tout est là. On va descendre les cartons. Tu vas chercher ta voiture ? »

Commence le ballet des allées et venues dans les escaliers, les descentes aux bras chargés, les remontées à vide, six étages de marches aussi hautes que larges. Antoine fait du plus vite qu'il peut aux côtés d'Amal et de ses collègues. Son ventre se noue. Il ressent la peur, la vraie, celle qui agrandit les yeux et raidit la nuque. Il perçoit enfin le danger, même si le danger a pour l'instant l'apparence sonore de sirènes diffuses. Personne ne le retient. Il pourrait fuir, se réfugier dans son hôtel, attendre que l'orage passe. Cette idée ne lui traverse même pas l'esprit. Dans l'adversité, il se sent soudain très proche d'Amal et de Halim. Ils n'ont passé que quelques heures ensemble mais l'intensité de leur existence, ce combat perdu d'avance qu'ils mènent contre plus fort qu'eux donne envie de les aimer. Antoine veut croire qu'il partage un morceau de leur histoire. Ce bout de liberté qui leur restait, ce bureau perché sur six étages, il veut le défendre comme le sien.

Les sirènes se rapprochent. Elles semblent être au coin de la rue. Antoine presse le pas, il manque de bousculer Kaouthar qui reste immobile malgré le désordre, à la manière d'un caillou lancé au milieu d'une colonie de fourmis par un enfant à la curiosité malveillante. Kaouthar observe d'un regard profond les objets et les contours, les lumières et les volumes de l'appartement, soudain consciente qu'elle ne reviendra peut-être jamais dans cet endroit où elle s'était sentie si vivante. Derrière la fenêtre, les perruches ont disparu avec la nuit. Kaouthar se trouve étrangement légère, comme si elle aussi pouvait, d'un battement d'ailes, se fondre dans l'obscurité. Comme ces volatiles, elle sait. Quand elle avait quitté le Bureau pour la dernière fois, il y a près de sept ans, quelques heures avant le coup d'État, elle n'imaginait rien de ce qui allait suivre. Ce soir, elle sait à quoi elle renonce – son couple à la peau si écorchée qu'il lui est impossible d'en recoudre les plaies ouvertes. Elle sait ce qu'elle sacrifie – des années de bonheur tranquille avec son fils, si tant est que le bonheur existe en Égypte. Elle sait parfaitement ce qu'elle risque et, avec un calme qui lui vient des profondeurs de son âme, elle prend un plaisir incommensurable à s'attarder sur les choses comme si, sur le point d'entamer un long voyage, elle disait au revoir à des amis de longue date.

Le palier et l'entrée ont été débarrassés. Antoine emporte le dernier carton. Ses pas précipités se perdent dans la cage d'escalier. Amal et Kaouthar sont les dernières à quitter les lieux. Quelques feuilles égarées parsèment le sol. L'essentiel des documents a été emporté et sera bientôt dans un endroit sûr. Amal est soulagée. Elle laisse les clés sur la porte, « *Pour leur montrer qu'on les a doublés. Ils ont déjà le pouvoir : on ne va non plus leur laisser croire* هم عندهم مخ, *qu'ils sont intelligents.* » D'un geste ferme et doux à la fois, elle attrape Kaouthar par le bras et l'entraîne avec elle. « *Nous ferons les présentations plus tard, si tu veux bien.* »

Au pied de l'immeuble, le petit groupe est rassemblé autour de la Lada de Halim. On essaie d'y faire entrer les derniers cartons. Le chargement déborde des fenêtres de la voiture. Le coffre ne veut pas fermer. En urgence, on réagence l'ensemble. Antoine et d'autres poussent d'un côté, un carton tombe de l'autre. Une voiture banalisée surgit du virage à quelques centaines de mètres. *Ce sont eux.* D'un coup d'épaule sur la portière arrière, Halim a raison de l'exiguïté de son véhicule. Il s'y glisse aussi vite que possible malgré sa cargaison encombrante. La voiture banalisée s'arrête au milieu de la route, le frein à main craque. Deux hommes en descendent. Une estafette de police suit avec du renfort. Le groupe se disperse dans les rues adjacentes. Halim démarre. Sa Lada crache un gros jet noir qui reste en suspension quelques secondes au-dessus de la chaussée avant de se volatiliser dans l'air. Halim tourne au premier croisement. Quand les flics pénètrent dans l'immeuble, il est hors de portée.

Amal n'a pas lâché la main de Kaouthar. Elle lui explique brièvement leur plan : « On va chez moi, j'habite un grand appartement à Zamalek. C'est là qu'on y planquera nos affaires. Halim doit déjà y être. » Antoine marche derrière elles, les mains dans les poches de son blouson.

Ils coupent à travers le centre-ville, pensifs, silencieux, le corps et l'esprit encore hantés par l'imminence du danger. Est-ce le froid ou l'émotion ? La main d'Amal, toujours serrée autour de celle de Kaouthar, tremble.

Pour rejoindre l'île de Zamalek, il faut traverser un bras du fleuve qui dessine une longue langue noire dans la nuit, coupant la ville en deux. Alors qu'ils laissent derrière eux les dernières façades du centre-ville, ultime mur d'enceinte avant la corniche, Amal relâche son étreinte. Elle peut presque se détendre. Il leur suffit de passer le pont : encore quelques centaines de mètres et ils seront sur l'île, cette terre de nantis, figée dans l'histoire, où les aristocrates règnent et où les sales mains de la police s'aventurent rarement. De l'autre côté, Amal n'aura plus besoin de se retourner pour regarder si quelqu'un les suit.

Kaouthar réajuste son voile en prévision du vent froid qui souffle le long du Nil. Elle avait oublié avec les années le spectacle de la corniche, les marchands de barbes-à-papa, les braseros fumants des vendeurs de patates douces, cette odeur de vase qui remonte du fleuve et la musique saturée que crachent les enceintes crépitantes des voitures, des calèches et des bateaux. Pourtant elle aimait s'y promener enfant, avec ses frères et ses sœurs, sa mère, son père quand il n'était pas en prison. Ils y avaient flirté, Ashraf et elle, les soirs de manifestation. Comme n'importe quel jeune couple d'amoureux, cachés dans l'ombre des banians, ils s'attrapaient timidement du bout des doigts avant que leurs mains ne s'enlacent et que leurs bouches ne se rejoignent, à l'abri des yeux réprobateurs. Ils marchaient en se tenant par le bras, les corps pressés l'un contre l'autre, les pas à l'unisson. Kaouthar se souvient de ce désir qui lui brûlait la tête et lui traversait le corps jusqu'au bas-ventre à chaque fois qu'Ashraf frôlait de sa bouche ses cheveux pour lui réciter des poèmes d'Abû

Nuwâs à l'oreille. Ensuite, ils y étaient retournés à trois, avec Mohamed dans leurs bras, encore bébé, qui ouvrait de grands yeux curieux de tout, attiré par les lumières des hôtels et des phares de voiture. Le nourrisson finissait par s'endormir malgré le bruit, bercé par la fraîcheur de la nuit les soirs d'été caniculaires. *Ce sont ces souvenirs que j'emmène avec moi*, se dit Kaouthar. Alors elle prend le temps de s'arrêter, s'accoude sur la balustrade en fer poli par des milliers de mains et se remplit de l'odeur de la corniche, espérant qu'elle s'imprime sur ses vêtements et ses cheveux.

Antoine marque un temps d'hésitation puis s'immobilise à son tour, face au fleuve, à l'entrée du pont qui les conduit sur l'île. Il se revoit courir, éperdu, après l'ombre de Mariam. Les palpitations de son cœur qui cognait la veille dans sa poitrine affleurent en un lointain écho, comme si la journée qui séparait ces deux épisodes sur la corniche – la course-poursuite avec Mariam et la fuite hors du centre-ville – avait élargi le cadre. Mariam est toujours au centre mais sa silhouette a rétréci. Autour d'elle, désormais presque minuscule, apparaissent en cercles concentriques un paysage, des visages, un ciel, une perspective. Ce monde a un nom, une langue, une géographie, des personnages qui, depuis deux jours, peuplent la vie d'Antoine. Tahrir. Shaimaa. Mohamed Mahmoud. Amar. Halim. West el Balad. Amal.

À la fin de la semaine, Antoine rentrera à Paris. Il sait déjà qu'il ne trouvera pas ici ce qu'il était venu chercher. Imperceptiblement, sa quête a pris une autre direction. Il croyait être sur les traces de son épouse en fuite. Et voilà que ses recherches l'amènent à explorer les vestiges d'un événement qu'il ne saurait appeler par son nom. Que se joue-t-il sous ses yeux ? Une révolution affaiblie mais vivace comme veulent le croire ses nouveaux compagnons, ou une erreur d'appréciation commise il y a dix ans par un type au pouvoir et que tout un régime s'évertue aujourd'hui à corriger avec force et cruauté ? Hypnotisé par les remous du fleuve, Antoine comprend que, ce soir, il est moins un mari abandonné que le témoin imprévu d'un drame dont l'intrigue pourrait toucher à sa fin. Il est là pour attester de l'existence de ceux qui sont encore debout, ceux qui survivent sans éclat, voués à l'incompréhension, voire à la réprobation du plus grand nombre. S'ils tombent demain, alors il ne restera plus rien. Antoine ne peut croire au hasard du calendrier. *Après tout,* se dit-il, *c'est peut-être cela que Mariam voulait en m'entraînant ici. M'attirer vers cette révolte qui lui ressemble et qu'elle n'arrivait pas à dire, partager quelque chose d'intime, quelque chose que je n'aurais pu comprendre sans le vivre. À Paris, il n'est pas possible de casser les murs. Ici, tout est déjà détruit.*

Quelques mètres plus tard, ils franchissent le seuil de Zamalek, laissent l'opéra aux murs ocre sur leur gauche et s'enfoncent dans la végétation qui longe les rues de l'île. Zamalek est une jungle splendide qui dissimule jalousement ses secrets et ses privilèges. Les banians laissent traîner leurs branches nonchalantes dans le lit du fleuve qui s'allonge, impérial, entre l'île et le reste du monde. Leurs racines sont d'une éternelle insoumission et, partout, soulèvent le bitume qui se craquelle en une multitude de sourires gercés. Derrière les branchages des arbres, on devine un monde protégé dont on ne distingue que de lointaines fenêtres illuminées, obstruées de lourds rideaux cachant les intérieurs aux regards étrangers. Retranchés à l'écart des entrées d'immeuble pour ne pas gâcher la photo, les concierges à la peau noire, venus de Nubie ou du Soudan, dodelinent de la tête, alanguis sur de vieux fauteuils troués. La poussière indécrottable qu'Antoine avait débusquée jusque dans les volutes charnues de ses oreilles n'a pas lieu d'être ici. Tout comme la pauvreté, elle n'a pas le droit de passer le Nil, sauf quand il s'agit du petit personnel, assigné à résidence le temps d'une vie.

À l'intérieur, l'appartement d'Amal est conforme à l'imagination des passants curieux. Il est vaste, sombre, composé de plusieurs salons, tous éclairés de lourds lustres en cristal. Un long couloir tapissé de miroirs et de tableaux file dans le noir vers les pièces défendues aux invités – les lieux de la vie intime de la famille, les chambres, les salles de bains. Espace où officie la bonne, la cuisine est retranchée de tout. Son entrée reste invisible aux non-initiés.

« C'est notre appartement de famille », explique Amal avec l'aisance d'une héritière.

Elle avait grandi ici, dans ces salons qui ne désemplissaient jamais. Son père était un professeur de littérature arabe dont les connaissances et la finesse d'esprit allaient au-delà des frontières de l'Égypte. Des intellectuels égyptiens et des diplomates étrangers de renom lui rendaient régulièrement visite. Amal les connaissait par leur prénom.

Comme dans chaque famille, les enfants avaient grandi. Les deux sœurs d'Amal étaient parties faire de brillantes carrières de médecins aux États-Unis et au Canada. Ses parents passaient leurs vieux jours à Paris, dans un confortable appartement du quinzième arrondissement. Amal était désormais seule au Caire avec la bonne, Amina, qui l'avait élevée et qui, aujourd'hui encore, se chargeait de lui faire à manger tous les jours.

Halim les attend pour débarquer les cartons. L'ascenseur leur simplifie la tâche.

« On peut tout mettre dans cette chambre. Personne ne l'utilise. »

Après une demi-heure de va-et-vient, Amal referme la porte sur le contenu de plusieurs années de travail dont la sensibilité de certains dossiers nécessite protection et confidentialité.

« Cet appartement est une tombe. Personne ne viendra les chercher ici. »

Dans le salon, Halim est déjà étendu de tout son long dans un canapé, un bras replié sur son front. Antoine scrute les objets, les tableaux suspendus aux murs, les miniatures endormies derrière leur vitrine dorée. Kaouthar est debout, droite. Elle semble attendre quelque chose.

Amal pose un plateau avec quatre verres, une bouteille de whisky et un petit bol rempli de graines salées.

« *Let's celebrate !* Allez, on fête ça !

— On fête quoi ? lui demande Halim.

— On les a bien eus ! J'ai eu Kiko au téléphone. Il est resté planqué dans l'immeuble d'en face. Ils tiraient une de ces tronches ! Même le concierge qui nous balance pour un oui pour un non se foutait de leurs gueules. »

Halim ne dit rien. Dans un pénible effort, il se redresse, entreprend de se rouler un joint, qu'il fume avec lassitude. Il le passe à Antoine.

« Le haschich est meilleur chez Amar, remarque Antoine au bout d'un moment.

— Le haschich est toujours meilleur quand il est fumé à West el Balad, confirme Halim.

— Mais c'est à Zamalek qu'on boit le meilleur whisky », tranche Amal.

Kaouthar interroge le verre qu'elle tient dans ses mains, et finit par tremper ses lèvres dans le liquide doré. La chaleur qui coule dans sa gorge lui rappelle les soirs de janvier sur Tahrir, quand elle découvrait pour la première fois l'alcool qui l'enhardissait et lui faisait perdre délicieusement pied. Elle se tourne vers Halim.

« Alors, Halim ?

— Alors quoi ?

— Alors, c'est quoi la suite ? »

Halim retourne son verre déjà vide et contemple la traînée d'alcool couler lentement jusqu'à son bord. Le liquide s'agglutine en une goutte épaisse qui finit par éclater au sol en une constellation insignifiante.

« On s'écrase. On s'enferme pendant quelques semaines. On attend le procès. Si je croyais encore en Dieu, je dirais : on prie. Je crois que je vais retourner chez ma mère.

— Tu espères échapper à la police ?

— Non. Je veux simplement revoir ma mère avant d'être arrêté. Enfin, si je suis reconnu coupable. C'est mon côté vieux garçon. »

Halim se resserre un verre et s'effondre de nouveau dans le canapé.

« Kaouthar, nous n'avons pas fini notre conversation. Tu comptes toujours descendre sur la Place demain ?

— Oui.

— Je ne te comprends pas. Tu as pensé à Mohamed ? Tu as pensé qu'Ashraf pourrait revenir ? Tu gagnes quoi à te mettre en danger ainsi ? Une médaille de la bravoure que personne ne te décernera ?

— Je n'ai pas le choix, Halim. »

Vaguement grisée par le whisky, Kaouthar raconte son histoire, ce récit qu'elle se raconte en boucle depuis la disparition d'Ashraf, ce récit qui est devenu sa réalité, qui mobilise l'énergie de ses organes et ses pensées.

*Ne le disais-tu pas, toi aussi, Halim ? Les disparitions déchirent les vivants, qui restent accrochés à l'espoir d'un retour possible, une attente terrible qui les maintient en vie alors même qu'elle les empêche de vivre. Connaît-on chose plus douloureuse ? Connaît-on plus grande perversité ? Nous avons trop subi. Le régime nous a déjà tués une fois, Ashraf et moi. Nous avons vécu comme des fantômes l'un à côté de l'autre pendant des années, incapables de nous tendre la main, incapables même de nous toucher. L'amour est mort. Qu'attend-on de moi maintenant ? Que je pourrisse d'angoisse ? Que j'étouffe mon fils de mes peurs ? Que nous arrêtions de vivre pour attendre un mari, un père que nous ne reconnaîtrons pas ? Cela suffit. Je ne me résigne pas davantage. Je ne me laisserai pas tuer une seconde fois. Les morts sont morts. Les disparus ont disparu. Moi, je suis là, bien vivante.* أنا مش لوحدي, *Je ne suis pas seule. Nous n'accepterons plus cette ombre qui enténèbre nos jours. Nous descendrons. Comment faire autrement ?*

En face, Antoine regarde Kaouthar avec des yeux immenses. Amal, penchée sur lui, lui traduit l'essentiel de la conversation. Lui aussi aimerait remplir les parois creuses de son histoire, chasser l'ombre des anfractuosités de son récit, savoir exactement ce qu'il lui reste à faire. Kaouthar lui offre des mots pour avancer dans le noir. En miroir, il cale son langage sur le sien. Il ne retrouvera jamais Mariam. La femme qu'il aimait s'est volatilisée un matin de janvier. Il ne connaît pas ce fantôme après lequel il court. Il ne peut rien pour lui. A-t-il soif? A-t-il faim? Est-il tourmenté? A-t-il trouvé la paix? Antoine ne peut que se résoudre à lui laisser le temps de se libérer de ses chaînes. S'accommoder de l'impuissance que Mariam lui impose est la seule chose qu'il puisse faire. Mariam reviendra peut-être, comment savoir? Dans l'immédiat, pour alléger sa peine, il dépose son histoire aux pieds des autres. Comme Kaouthar, il raconte, avec ses trous et ses inconnues, cette disparition, volontaire cette fois-ci, qui n'a finalement pas grand-chose à voir avec celle d'Ashraf si ce n'est qu'elle a conduit à une improbable rencontre, celle d'Antoine et de Kaouthar.

Kaouthar écoute. Ils boivent et reboivent encore jusqu'à ce que la bouteille de whisky sonne creux. Halim est dans la salle de bains, à la recherche d'aspirine pour contrer la gueule de bois qui s'annonce. Il finit par s'endormir dans le canapé.

L'appel à la prière remplit la nuit. Il est tard. L'aube pointe déjà. Kaouthar arrache d'un coup sec la couture de son voile. Elle en sort une minuscule clé USB qu'elle tend à Antoine.

« Puisque tu rentres bientôt chez toi, s'il te plaît, prends cela avec toi. Tu y trouveras mon histoire, celle d'Ashraf, celles de dizaines d'autres, racontées par des mères, des sœurs, des épouses. Fais-en bon usage. Au moins, احفظ القصص دي, protège ces récits. Au mieux, fais-les connaître. Ici, j'ai compris qu'on ne peut rien en faire. »

Amal la raccompagne au bas de l'immeuble.

« Tu es sûre que tu veux rentrer chez toi si tard ? Tu peux rester dormir ici, il y a des lits disponibles.

— Merci. J'ai accompli tout ce que je voulais accomplir avant le grand jour. Il est temps de partir. Mon fils va bientôt se réveiller.

— Que va-t-il devenir s'il t'arrive quelque chose ?

— Mes parents seront là pour lui.

— Tu peux aussi compter sur moi.

— Merci. Je le lui dirai. »

Kaouthar s'engouffre dans le premier taxi venu. Amal la regarde partir dans la nuit vaporeuse et humide. De retour dans l'appartement, elle trouve Antoine en train de fumer une dernière cigarette sur le balcon.

« Quelle nuit !

— Quelle nuit.

— Tu n'as pas envie de faire l'amour ? »

C'est Amal qui demande. Antoine sursaute. Il n'ose pas la regarder.

« Jamais on ne m'avait fait une demande aussi directe.

— Je te demande si tu veux faire l'amour, rien de plus.

— J'ai bien compris. Je…

— Tu hésites ? Tu n'y avais pas pensé peut-être ?

— Non… Si… Enfin, j'en ai envie, oui !

— Alors, viens. Il est tard, je suis fatiguée. Une éprouvante journée nous attend. »

## Rescapée

Elle regarde les fissures qui zèbrent le plafond à la manière des rivières et des fleuves sur une carte de géographie. Ce plafond est un pays qui ne manque pas de cours d'eau. Selon l'heure de la journée et la position du soleil, les ombres s'y étirent, dessinant des montagnes imaginaires, des gorges plus ou moins profondes, des vagues formidables et bien d'autres formes, pour peu qu'on leur accorde un œil attentif. Toutes les fins d'après-midi, vers seize heures, un lapin surgit derrière l'abat-jour. D'abord, on ne voit qu'un gros point qui s'étale et se transforme, à mesure que le crépuscule arrive, en deux ovales longilignes, rehaussés d'un pompon sur l'arrière.

Cela fait plus d'une semaine qu'elle est là, allongée, à contempler depuis le matelas de sa chambre d'hôtel les lumières changeantes et la météorologie grise du Caire en janvier. Elle n'est sortie que de rares fois pour acheter, à l'angle de la rue, un sandwich, des biscuits, un Coca.

Parfois, elle ressent le besoin de bouger, de remuer avec la frénésie d'un enfant, non pas pour entreprendre une action utile ou nécessaire, mais pour simplement éprouver la sensation du corps en mouvement. Le plaisir du corps qui s'ébroue, le plaisir de sauter pour sauter, de courir pour courir et puis, rire de ce plaisir, être surprise de rire et recommencer pour rire encore. Alors, Mariam agite ses jambes en l'air, les croise et les décroise, les laisse retomber, rebondir sur le matelas trop mou. Elle s'amuse à rouler comme un rondin d'une extrémité à l'autre du lit, se jette de tout son poids sur une pile d'oreillers qui amortissent son atterrissage en douceur. C'est tout ce qu'elle sait faire pour l'instant de cette liberté nouvelle.

Souvent, à l'heure du crépuscule, elle se surprend à être moins légère. Elle se revoit jeter à la va-vite quelques affaires dans un sac de sport, ce matin où tout l'appartement dormait encore. Prendre le premier métro. Descendre à Cité. S'offrir un petit déjeuner dans l'une de ces brasseries qui ne ferment jamais, repaire de ceux qui ont nocé toute la nuit et qui ont les moyens de s'y payer un café. Dans le grand miroir qui courait sur les murs de la salle, Mariam s'apercevait étrangement calme, habillée à son habitude, talons hauts, les cheveux lisses, avocate prête à se rendre au travail. Mais, à l'intérieur, ses organes semblaient vouloir foutre le camp. Un éclair métallique d'une douleur intense lui traversait les cervicales. Ses pensées étaient comme une locomotive lancée à toute allure. Tout hurlait. Les barrages de la raison lâchaient, rien ne pouvait retenir la machine qui fonçait dangereusement vers le vide. Sa vie, d'ordinaire si bien agencée, tout ce qui lui était familier, s'effondrait, glissait dans un gouffre sans fond. Mariam serrait les dents, se cramponnait discrètement à la table de café, mais quelque chose de plus grand qu'elle menaçait de la faire basculer.

Elle courut sur les quais, resta longuement les yeux absorbés par les eaux sombres de la Seine. Il fallait se délester d'un poids. Mais lequel ? Fallait-il se jeter à la rivière ? Tomber dans le précipice avant que le précipice ne l'avale ? Fallait-il en finir ? Mariam finit par balancer les clés de l'appartement qui disparurent dans l'eau en un ploc insignifiant. Elle eut un instant de recul, se vit en train de jeter ses clés au fleuve. *C'est ridicule, que pèse un trousseau de clés dans l'existence ?* Aussi étrange que cela lui parût, elle se sentit remonter malgré tout. Sa tête émergeait enfin du siphon qui l'aspirait depuis la veille. Elle respirait de nouveau. Elle savait ce qu'elle devait faire. Il fallait fuir. Maintenant.

Alors elle marcha dans le matin pâle sans penser où aller. À la fin de la journée, épuisée, elle s'écroula sur le lit d'un hôtel de banlieue, là où ses pieds l'avaient portée. L'aéroport était tout près. L'Égypte s'imposa comme une évidence qu'elle ne questionna pas. La veille de son départ, elle vida son compte courant. Au Caire, elle dormit plusieurs jours, jusqu'à ce que la sensation de vertige la quittât. Allongée sur le lit, elle ne ressentit bientôt plus qu'un léger tangage. Les jours suivants suturèrent lentement le gouffre, jusqu'à écarter complètement la peur de s'y retrouver piégée de nouveau. À gigoter sur son lit, elle se sent emplie d'une sérénité étrange, le sentiment du devoir accompli, comme si elle avait gagné une bataille contre elle-même. Mariam a tout détruit mais elle est sauve. Enfin arrivée. Avec dix ans de retard.

Il y a dix ans, presque jour pour jour, elle passait avec fièvre d'une chaîne d'information en continu à une autre, en quête du dernier reportage mis en ligne. Au travail, elle se cachait à peine de ses collègues et supérieurs. La nuit, dans le petit deux-pièces qu'elle partageait avec Antoine, elle quittait la chambre pour le salon, le lit pour le bureau où elle s'accoudait devant une tasse de thé noir qui la maintenait éveillée jusqu'au matin. Elle voulait tout voir, attraper l'histoire par tous les angles possibles. Elle était à la recherche du moindre détail qui lui offrait l'illusion d'y être. Place

Tahrir : elle connaissait l'endroit pour l'avoir traversé plusieurs fois enfant, sa main cramponnée à celle de sa grand-mère. Elle gardait le souvenir d'une esplanade gigantesque entourée de bâtiments immenses, une muraille contre laquelle se brisait le vent du Nil. Autour d'elle s'étendait un océan de véhicules. De sa taille d'enfant, le nez à hauteur des moteurs, elle n'en voyait pas la fin. Malgré la cohue incessante, les klaxons qui lui hurlaient dans les oreilles, tout lui semblait étrangement figé et maussade, comme un mauvais spectacle où l'on s'ennuie. Peut-être cette impression émanait-elle des gestes mécaniques que chacun semblait faire sans réfléchir – le policier qui faisait la circulation à tour de bras, le vendeur de *foul* qui jetait sans conviction une louche de fèves plâtreuses au creux d'une galette de pain, ces employés gouvernementaux au regard sans vie qui sortaient par milliers, en file indienne, de la fourmilière du Mogamma, le temple de l'administration égyptienne, et qui couraient avec une lenteur résignée après des microbus déjà remplis de passagers. Peut-être cela était-il lié au lieu, vaguement hostile, encadré de barrières et de policiers aux yeux vides. Mariam n'était qu'une enfant, et pourtant elle ressentait ce poids qui pesait sur les corps, usés par un scénario qui se répétait tous les jours, cassés par des années d'autoritarisme où chacun jouait un rôle imposé dans cet espace public qui n'était, en fait, qu'un espace de surveillance où il était bon d'incliner la tête avec docilité et de passer son chemin sans demander son reste.

L'Égypte que donnaient à voir les révolutionnaires était radicalement autre. La liberté irradiait la moindre surface. Le vent, que Mariam n'avait jamais vu pénétrer la Place, irisait les banderoles et les toiles des tentes. Les barrières avaient disparu. Les têtes s'étaient redressées. Les corps avançaient, gracieux malgré le nombre, s'accordaient selon l'alchimie mystérieuse des foules au rythme du mouvement collectif. Tahrir était un large bateau qui larguait les amarres, une arche qui emportait l'humanité, la sauvait d'elle-même. Elle était, tour à tour ou tout à la fois selon le point de vue de celui ou celle qui la regardait, un lieu sacré où toutes les religions s'exprimaient, y compris le droit de ne pas croire, une scène où l'on pouvait chanter et danser à n'importe quelle heure du jour et de la nuit, un forum où l'on pouvait prendre la parole aussi naturellement que respirer et rire, une cantine pour les ventres creux. Les révolutionnaires qui s'y étaient installés ne subissaient plus ni l'enfer urbain ni le joug du régime. Ils étaient les heureux résidents d'un espace qu'on leur avait volé et qu'ils avaient récupéré par leurs efforts communs. Ils l'habitaient joyeusement.

Éblouie, Mariam sentait monter en elle l'appel du lieu. Tahrir lui apparaissait comme un monde en soi et à soi, à la manière d'une boule à neige que l'on tient au creux de sa main et que l'on peut regarder sous toutes les coutures jusqu'à ce qu'un univers infini de possibles apparaisse. Pour la première fois de sa vie, elle avait l'impression d'avoir trouvé son chez-elle. Elle se sentait *appartenir*. Un feu obscur brûlait en elle comme une deuxième naissance. Une énergie folle l'habitait. Elle avait trouvé sa place parmi les siens. Mariam était égyptienne. Ces visages rayonnants et fiers qui criaient « *Dégage!* » à la face du tyran, ces mains levées au ciel, lui étaient adressés. On l'appelait. Amal l'appelait. La voie était tracée. Mariam n'avait plus qu'à dire oui. Au lieu de cela, elle ne dit rien, se désabonna de lettres d'information qu'elle recevait à propos de l'Égypte, ignora les messages que lui envoyait son amie jusqu'à ce que celle-ci ne lui écrive plus du tout.

Mariam avait repoussé la chance que la vie lui offrait. Pour étouffer l'angoisse qui se manifestait certaines nuits, elle s'était fabriqué des justifications confortables. Antoine aurait été malheureux de la voir partir, son père inquiet et furieux à la fois. Elle tentait de s'en convaincre: elle avait renoncé par crainte de les décevoir. Puis elle avait décroché ce boulot à La Défense, elle était tombée enceinte, les années s'étaient enchaînées sans lui laisser le temps de penser. Mariam avait oublié l'Égypte. Jusqu'à ce qu'Antoine se pique d'aller remuer ses souvenirs. La séance de lecture qu'il lui avait imposée avait été un supplice. Il l'avait mise à nu face à son propre naufrage. Mariam devait l'admettre : elle était une déception. Toutes ces promesses non tenues, oubliées même, lui avaient sauté au visage. Comment aurait-elle pu lui dire ? La colère l'étouffait depuis si longtemps. Elle lui avait scellé les lèvres. Comment aurait-elle pu avouer à Antoine qu'elle était passée à côté de sa vie ? Elle avait coché toutes les cases – réussite professionnelle, réussite sociale –, construit une famille soudée et aimante, s'était taillé à force d'exercices quotidiens une silhouette juvénile et attirante. Elle avait fait ce que ses parents, ses professeurs, la société attendaient d'elle. Elle s'était intégrée. S'intégrer, dans la tête de Mariam, c'était une épreuve d'endurance : c'était escalader une montagne, bien adhérer aux parois, jusqu'à ce qu'il n'y ait plus de jour entre son corps et la roche, jusqu'à la fusion. Elle était allée aussi haut que possible, décrochant sa place dans le monde des affaires et les cercles influents parisiens. Alors qu'elle croyait enfin être arrivée au sommet, là encore, on lui jetait au visage la question de l'origine. Mariam sentait ses muscles se contracter. La fatigue la gagnait. Elle avait envie de tout lâcher, de se laisser tomber dans le vide, dire tout simplement : *Je ne suis pas des vôtres, je ne veux plus être là.* Comment aurait-elle pu ? Personne n'aurait compris.

Il aurait fallu raconter l'histoire depuis le début, commencer par cette mélancolie qui l'accompagnait certains soirs quand elle était enfant. Ces soirs surtout où elle entendait la voix rauque de son père couvrir les violons d'Oum Kalthoum. Il chantait toujours ainsi, en différé, répétant en écho la dernière phrase d'un couplet ou d'un refrain, pour ne rien perdre du plaisir qu'il éprouvait à écouter le vibrato de la diva égyptienne. Mariam ne comprenait pas le sens des paroles mais en ressentait toute la gravité. Il lui semblait que son père exprimait ainsi tout ce qui manquait à son existence, tout ce qu'il avait laissé derrière lui en quittant son pays. Mariam aurait voulu poser des questions, comprendre pourquoi l'évocation d'un matin parfumé de jasmin lui arrachait des larmes. Elle n'osait pas, retenue par la peur de lui causer plus de peine encore. Elle redoutait aussi son refus d'en dire plus. La nostalgie ne se partageait pas à la maison. C'était une affaire de parents. Les enfants, eux, étaient sommés de regarder droit devant eux. Plus Mariam grandissait, plus son père multipliait les injonctions et les mises en garde. « *Oublie d'où tu viens, lui disait-il, fonds-toi dans la masse des Français bien français, ne fais pas de vagues. Je chante Oum Kalthoum à la maison mais ce n'est pas ton histoire, ne t'y intéresse pas trop, travaille à l'école, concentre-toi, assimile cette culture que nous ne pouvons te transmettre car nous ne la connaissons pas.* » Un douloureux décalage commença à se dessiner, une fissure qui ne fit que s'élargir entre la culture que ses parents exhibaient pour se consoler d'avoir quitté les leurs et la culture que Mariam était en obligation d'acquérir. Elle ne comprenait pas pourquoi on lui refusait une partie d'elle-même. N'avait-elle pas le droit, elle aussi, d'avoir le mal du pays ? Cette aridité la faisait souffrir. Sa mélancolie d'enfant se mua à l'adolescence en frustration silencieuse. Car personne, ni à la maison ni à l'extérieur, ne semblait disposé à l'aider. Ses parents l'avaient inscrite dans une école privée pour lui assurer les meilleures chances de réussite, mais leur soutien s'arrêtait là. Le reste, Mariam devait l'accomplir seule, comprendre les codes, faire ses devoirs dans une langue que sa mère n'écrivait pas, apprendre à adopter le bon comportement, celui qui répondrait aux attentes de ses interlocuteurs, ses professeurs, les parents de ses camarades de classe. Elle était souvent accueillie avec un fond de curiosité indiscrète. Il y avait toujours ce moment où on lui posait la question de ses origines avec un aplomb si naturel qu'elle en restait désarmée. En miroir, Mariam développa une méfiance instinctive dont elle usait méthodiquement pour observer les autres, et surtout une faculté d'adaptation hors normes. Elle était toujours sur ses gardes, prête à déceler les fantasmes, les clichés, la culpabilité parfois que l'on projetait sur elle. Imperturbable, elle renvoyait l'image lisse et sage d'une jeune fille dans le rang.

Enferrée dans sa lutte quotidienne, elle était trop concentrée pour voir le temps s'échapper, et fut tristement surprise un jour d'apprendre que sa grand-mère était morte. Son père assista seul à l'enterrement, Mariam ne fut pas autorisée à l'accompagner. Elle resta en France. Cette disparition mit brutalement fin à la tradition des étés égyptiens. C'était toute la lumière de son enfance qui sombrait d'un coup, la perte pour toujours de ce paradis permissif, ponctué des rires muets de sa grand-mère, des cris de ses cousins et de la marmaille du quartier qui rebondissaient comme des balles sur les murs des immeubles jusque tard dans la nuit. Disparaissaient aussi les longues journées d'été qui s'étalaient sans fin, vécues dans la fraîcheur toute relative de l'appartement familial, les volets fermés, la télévision allumée du lever au coucher, les violons dramatiques des vieux films égyptiens qui fusaient à chaque rebondissement et dont Mariam connaissait par cœur le refrain à force de les voir diffusés en boucle chaque année. Pour la première fois, Mariam fut en colère contre l'existence. Puisque ses parents ne voulaient pas qu'elle s'y accroche, elle piétina ses souvenirs égyptiens. Elle se força à oublier cette grand-mère, son tablier imprégné de parfums d'oignon frit et de viande hachée, sa poitrine contre laquelle elle aimait se blottir. Elle ne remit pas les pieds en Égypte. La colère ne la quitta plus. C'est à peu près à cette époque qu'elle commença à écrire ses carnets.

Elle avait cru qu'avec Antoine, ça passerait, que la colère se dissiperait. En surface, l'amour agit comme un onguent sur ses plaies d'adolescente. Elle put se défaire de sa rage, de ses parents, de ses origines auxquelles on l'assignait toujours – une assignation d'autant plus insupportable qu'elle n'avait rien à dire à propos de l'Égypte, ce pays qu'elle avait effacé de sa mémoire. Antoine était différent. Il ne lui demandait pas de rendre des comptes. Doux, solide, il était à sa place, heureux d'y être, satisfait de son existence. Il n'était en guerre contre personne. Mariam était au contraire en lutte contre tous. Peut-être aveuglé par ses sentiments, peut-être par confort, il ne percevait rien de son mal-être. Mariam s'était souvent dit qu'au fond, cela devait l'arranger. Il est plus facile de naviguer sur une mer étale qu'en temps de grain. Car, malgré la douceur de cette vie à deux puis à quatre, Mariam avait toujours en elle une réserve de violence qu'elle contenait mais qui ne demandait qu'à exploser.

D'un geste brusque, elle se lève, tire le rideau qui obstrue en partie la vue et se plante devant la fenêtre pour regarder le spectacle de la corniche au crépuscule. L'amour n'a pas suffi. Cette pensée la rend profondément triste.

Dehors, les derniers rayons de soleil ricochent sur les eaux du Nil. Peu à peu, la nuit recouvre Le Caire d'un voile d'ombre. Le chaos de la ville paraît d'un coup moins bruyant. Les barbes-à-papa de son enfance, enfermées dans leur bulle de plastique, se balancent encore au sommet des cannes des marchands. Mariam essaie d'imaginer des pavés qui volent, des jeunes qui courent en retenant leur respiration, foncent à travers les nuages de gaz lacrymogènes, brisent leur élan contre un mur de boucliers et de matraques. Elle les entend hurler de douleur, de rage et d'espoir. Pourtant, sous ses yeux, elle ne trouve aucune trace de cette révolution. Elle peine à croire qu'elle a bien eu lieu. L'idéal révolutionnaire est mort avant même d'être au monde. Il n'est resté qu'une idée dans la tête de ceux qui y croient encore. Combien sont-ils aujourd'hui ? Mariam pense à Amal. Inspirante Amal : il lui suffisait de sourire pour donner envie d'être comme elle, libre et audacieuse. Tout était si facile avec elle. Mariam s'était lancée dans le militantisme moins par conviction que pour lui plaire et lui ressembler. Car Amal avait tout : le savoir, l'héritage, l'argent. Elle n'avait à se préoccuper de rien : elle pouvait défendre ses idéaux les mains libres. Mariam, au contraire, n'avait rien. Elle avait voulu croire qu'en étant à ses côtés, elle capterait quelques éclats perdus de sa lumineuse présence. Mais elle restait une besogneuse, soucieuse de reconnaissance, inquiète du lendemain. Au moment des choix, elle avait embrassé sans hésiter une carrière de fiscaliste ; Amal avait rejoint le monde des ONG de défense des droits humains. Mariam s'était convaincue qu'elle ne pouvait se payer le luxe de défendre les opprimés. Amal était devenue cet idéal d'elle-même, celui qu'elle ne s'autoriserait jamais à atteindre. Dès lors, rester amies lui sembla impossible. Cela était trop inconfortable. À chaque fois qu'elles se voyaient, Mariam avait l'impression de se trahir elle-même. Elle lui donnait de moins en moins de nouvelles, annulait régulièrement leurs rendez-vous, prétextant qu'elle avait trop de boulot ou qu'elle était fatiguée. Amal finit par retourner en Égypte pour y travailler. La révolution éclata. Elles se retrouvèrent lors d'interminables discussions sur Skype et Facebook. Mariam voulait tout savoir de ce qu'il se passait. Elle avait le sentiment qu'à la faveur de cet événement hors du commun, elle allait enfin pouvoir se défaire d'elle-même, dépasser les limites qu'elle s'était toujours imposées. Amal lui proposa de rejoindre son organisation. C'était l'occasion de changer de vie, de renouer avec l'Égypte, de vivre une expérience humaine rare. Mariam referma la porte. Elle avait peur.

Pourtant, ce soir, avec dix ans de décalage, elle est là, au Caire, retranchée dans la petite chambre d'un hôtel discret. Elle attend, cachée, alors qu'on la cherche peut-être en France, à Paris, peut-être même jusqu'ici. Elle ne veut pas y penser. Elle veut continuer à éprouver ce présent suspendu qui n'appartient qu'à elle. Ne se soucier de rien. Elle se dit qu'elle y a droit, à cette absence. Après tout, c'était la mort qui menaçait en coin. Au fond, elle n'avait pas le choix. Bien sûr, si elle avait su parler, cela aurait pu se passer autrement. Mais elle ne savait pas, elle n'avait jamais su. Sa gorge débordait de mots retenus. Il lui était plus facile de voler un livre que de dire, « *Merci, merci d'avoir mis Angela Davis sur mon chemin* », car dire cela, c'était prendre le risque de tout cracher d'un coup, sans savoir comment cela sortirait ni quand cela s'arrêterait. Elle était incapable de partager sa solitude parce qu'il y avait trop de couches d'explications, parce qu'elle-même ne comprenait pas bien ce qui se jouait à l'intérieur. Antoine n'avait pas tort : les carnets attendaient leur lecteur. Elle aussi n'attendait que cela. Une confrontation insoutenable qui lui donnerait le courage qu'elle ne pouvait rassembler dans son quotidien saturé de rendez-vous, de déjeuners, de planifications. Une confrontation qui ne lui laisserait pas d'autre choix que de tout détruire. Antoine – c'était un paradoxe cruel –, l'avait sauvée. Malgré lui, il avait été l'étincelle de son départ.

Mariam pense à ses filles, Nina et Zoé. Leurs petites mains chaudes, griffonnées d'encre et de feutre, lui manquent. C'était son rituel quand elle rentrait du travail : déposer au creux de leurs paumes bariolées un long baiser jusqu'à ce qu'elles retirent leurs mains en gloussant : « *Tu nous chatouilles !* » Que peuvent-elles bien faire en ce moment ? Rentrer de l'école ? Prendre le goûter ? Mariam s'efforce de dérouter ses pensées. Imaginer l'incompréhension, le chagrin de ses filles est au-dessus de ses forces. Sa fuite est une balafre dans la douceur de leur enfance. Elle s'y attend déjà : ses filles viendront un jour lui demander des explications. Mais avant cela, c'est à une autre enfant qu'elle doit répondre, à cette petite fille qui lui est revenue quand l'Égypte s'est embrasée, il y a dix ans. La petite fille d'avant la colère, qui aimait passer ses vacances avec sa grand-mère. La petite fille devenue muette. Mariam ne le comprend que maintenant : elle est venue ici pour elle, pour la consoler d'avoir disparu trop vite. Qu'il est étrange de venir chercher la consolation dans ce pays sale, brutal, où l'on ne distingue pas l'individu de sa communauté, où l'on emprisonne les fous, les innocents et les poètes, où l'on enferme les homosexuels pour les soigner de leur déviance ! Pourtant, Mariam le sent : sous le couvercle de la dictature, la vie s'accroche. Même si tout semble dire le contraire, la révolution n'est peut-être pas morte. Elle ne serait pas revenue ici s'il n'y avait rien à sauver. Elle se serait laissée mourir dans une vie qui n'était pas la sienne. Mariam jette un coup d'œil furtif à ses carnets, empilés derrière elle sur la table de chevet. Elle pourrait se remettre à écrire.

Se réapproprier son histoire. Demain, elle descendra pour respirer ce qu'il reste de cette révolution qu'elle a manquée. Et pour retrouver cette part d'elle-même qu'elle s'est laissé confisquer.

## La marche

Une pluie fine et glaciale tombe en traits serrés. Antoine traverse le Nil dans l'autre sens, file droit vers le centre-ville, la tête remplie d'images de la veille. Leurs étreintes avec Amal lui apparaissent dans un flou décousu et délicieux. Il revoit des bribes de corps nu à caresser, Amal qui disparaît sous les couvertures, sa bouche explorant partout, ses doigts de soie enroulés autour de son sexe, sa vulve mouillée, ses cuisses qui tressaillent sous sa langue à lui. C'est la première fois qu'il couche avec une autre femme depuis qu'il connaît Mariam. Il s'attendait à se réveiller avec un goût de pudeur coupable en bouche. Au contraire. Cette courte nuit l'a réparé plus qu'il ne l'aurait espéré. Antoine s'étonne presque de la légèreté de son pas, inédite, dans les rues de cette ville, Le Caire, qui lui semble désormais familière.

Tahrir est méconnaissable. Elle disparaît presque sous le nombre de véhicules blindés placés sur chacune de ses artères. Des colonnes d'hommes en uniforme attendent, retranchés dans les rues adjacentes, le signal pour se déployer. S'il n'avait été informé qu'aujourd'hui le régime célébrait la Fête de la police, Antoine aurait cru à un exercice militaire de défense ordinaire. Il comprend que l'enjeu de la célébration consiste à réaffirmer la solidité du régime et son empire sur un territoire hier révolutionnaire. *La Place est à nous, gare à celui qui essaiera de nous la prendre. N'y pensez même pas*, semblent dire ces chars muets et sans visage. L'image fait la force.

Antoine cherche Kaouthar des yeux. Est-elle là ? Il a du mal à l'imaginer marcher au milieu de cette débauche d'artillerie lourde. Étrange jeune femme aux yeux presque jaunes, si révoltée qu'elle semble ne plus avoir peur de rien. Antoine se dit qu'il aurait aimé la rencontrer plus tôt, la connaître davantage. Elle lui rappelle la Mariam des carnets, cette Mariam qu'il aurait voulu pouvoir aimer.

Au bout de la Place, alors qu'Antoine s'apprête à prendre la rue Talaat-Harb, un petit groupe d'officiers patrouillent, fiers et virils, le ventre protubérant, le visage en partie masqué par d'épaisses lunettes de soleil malgré la pluie de janvier. Ils sont là pour la télévision, tout comme le petit groupe de badauds sélectionnés par les journalistes pour l'occasion. Suivant un script attendu, ces passants viennent au-devant des policiers, leur serrent les mains avec gratitude, les remercient mille fois. La caméra se fixe ensuite sur une vendeuse de roses, elle aussi conviée pour les besoins du reportage. Contre un maigre billet, on s'arrache les fleurs. Les officiers se retrouvent les bras chargés de branches s'épanouissant en boutons rouges. Tout le monde semble satisfait, surtout la fleuriste.

« Regarde-moi ça ! Des glands avec des glands ! Putain, c'est la fête sur Tahrir. Ohé ! Attendez-nous, on arrive ! »

Avec deux de ses amis, Amar trépigne sur son balcon. Antoine lui demande s'il a réussi à coller le triptyque de Shaimaa comme il avait prévu de le faire la nuit dernière.

« Non, putain. Ces fils de pute étaient partout. Ils fliquaient tous les murs. Impossible de faire quoi que ce soit. J'aurais tellement aimé qu'ils se réveillent avec sa mort sur la conscience. Mais, non, regarde-les, ces enculés, rien à foutre ; tout ce qu'ils veulent, c'est faire la fête. Tu y crois, toi ? Vous voulez faire la fête ? On vient s'amuser avec vous ! »

Un voile de gravité glisse sur le visage d'Amar. Antoine devine une fureur retenue, le chagrin de ne pas avoir accompli ce qu'il voulait accomplir. Mais aussitôt, la dérision l'emporte et balaie tout le reste.

Amar lui montre les préparatifs en cours. Quelques baudruches jaunasses, bariolées de cœurs rouges et de mots doux, pendent au bout de ficelles molles dans le salon. Un paquet de capotes, éventré, traîne par terre. Antoine reconnaît l'odeur de caoutchouc poisseux. Amar éclate de rire. Il lui met dans les mains un préservatif et son joint en voie d'extinction.

« Allez, gonfle ! »

Assis en cercle, tous soufflent jusqu'à s'étourdir, jusqu'à ce que les capotes se gondolent dans un crissement plaintif. Ils dessinent au marqueur des bouches envoyant des salves de baisers, des roses, des ours en peluche avec des cœurs à la place des yeux. Antoine esquisse une pin-up d'assez mauvais goût avec une matraque dans les mains et des menottes en guise de jarretières.

« Ça va leur plaire, putain, ça va leur plaire ! » hurle Amar qui enfile dans le même mouvement son plus beau T-shirt, le visage du Maréchal, tout sourire derrière ses lunettes de soleil, en surimpression de la gueule d'un lion rugissant. Dix minutes plus tard, ils sont prêts à descendre. Antoine les suit, trop séduit par leur irrévérence pour penser au danger.

Le petit cortège arrive sur Tahrir. Leur euphorie contamine les passants et les officiers. Amar agite frénétiquement son bouquet de capotes qui rebondit contre des murs invisibles. « تحيا مصر! يحيا المشير! »,

Vive l'Égypte, vive le Maréchal ! » crie-t-il, au bord de l'extase, les bras ouverts, le torse offert au ciel. Tout autour, les plus amnésiques et les plus idolâtres applaudissent, répètent « *Vive l'Égypte, vive le Maréchal !* », s'arrachent les baudruches suintantes. Chacun veut la sienne pour la secouer avec allégresse. Alors, Amar, fou de joie, passe son bras autour des épaules d'un officier, l'enlace ainsi quelques instants et l'invite à branler à son tour le boyau stupide. L'agent rondouillard est comblé. Amar lui tapote la joue avec une condescendance débonnaire. La caméra s'attarde sur eux. Flatté d'être sujet d'attention, l'officier rit de plus belle. Tout ce petit monde se met à danser la farandole autour des véhicules blindés. Amar mène le pas, en transe, solaire comme jamais, irradiant dans la grisaille de cette matinée de janvier.

La scène est diffusée en direct sur les chaînes de la télévision nationale. L'événement est inespéré pour le journaliste, habitué aux reportages fabriqués à l'avance. C'est sa chance. Alors, pour la première fois de sa carrière, il se lance dans un commentaire aussi improvisé que lyrique.

« *La Fête de la police a tenu ses promesses. Après des années de contestation, alors que le pays a flirté avec le péril de la sédition, l'unité est enfin de retour. L'Égypte s'est débarrassée de ses ennemis, au prix de lourds sacrifices, mais sans jamais rien renier de ses valeurs, sans entacher l'ordre établi ni la morale. Le peuple peut relever la tête, fier de ses pères et de ses enfants. Vive la police, vive l'Égypte, vive le Maréchal !* »

Un peu à l'écart de la scène, Antoine se délecte de la farce, spectateur réjoui et fasciné par la force de l'ironie qui triomphe. Au-delà, à bonne distance, une silhouette noire entre dans son champ de vision. Elle glisse sur la surface de la Place. Elle s'approche à un rythme régulier. Déjà, elle est là, tout près, et commence à tourner autour du terre-plein central.

C'est Kaouthar.

La pluie transperce le voile fin qui recouvre ses cheveux. Elle est bien trop sérieuse pour prêter attention au spectacle grotesque qui se déroule en face d'elle. Pendant des années, elle a subi la bêtise des hagiographes, la cruauté des vainqueurs. Elle n'est plus là pour ça. Marcher est tout ce qu'il lui importe. Fouler des pieds l'espace qu'on lui a confisqué. Le reprendre, rester debout. Des traînées de gouttelettes froides lui coulent dans la nuque.

Elle s'élance, d'abord d'un pas gourd et mécanique. Depuis quand n'a-t-elle pas marché ? Après quelques mètres, sa foulée se délie. Son corps se déplie, imperturbable et volontaire. Sa nuque suit une ligne invisible, tendue entre la terre et le ciel, ses épaules sont larges, emplies d'une noble fierté. Un pas après l'autre, ses cuisses se dessinent sous le tissu de sa robe humide. Elle sent son sang irriguer l'extrémité de ses membres. Ses poumons se soulèvent comme les grappes orangées des flamboyants qui fleurissent au printemps. Elle marche.

Antoine ne regarde qu'elle maintenant. Elle porte une fleur en tissu rouge, nouée sur son voile. Des mèches de cheveux bouclés et noirs s'échappent, s'étalent sur ses tempes et sur l'extrémité de ses joues, entraînées par les gouttes de pluie qui ruissellent sur sa peau. Antoine a le sentiment étrange d'avoir déjà vu ce visage. Elle regarde droit devant elle. On dirait qu'elle méprise le mauvais temps, la peur et tout le reste, les chars qui l'entourent, les dizaines d'hommes armés prêts à fondre sur elle, les caméras suspicieuses, les honnêtes citoyens enfin, rose à la boutonnière, capables de la passer à tabac pour une poignée de guineh.

La jeune femme à la fleur écarlate ! La rêverie d'Amar, son réconfort, son île. Antoine se souvient maintenant. Kaouthar lui ressemble. Avec la même force, elle toise l'absurdité du monde. Elle foule du pied les mensonges et l'imposture. Elle écrase les salauds et les minables. Chaque respiration est une déclaration de vérité, chaque pas, une restauration. Kaouthar marche pour sa dignité, celle d'Ashraf et de Mohamed, celle de ceux à qui le régime a volé leur humanité. Elle sera la mauvaise conscience des criminels, le génie vengeur qui reviendra, infatigable, hanter leurs nuits. Elle sera cette cohorte de mouches gluantes qui toujours bourdonneront au-dessus leurs paupières closes.

Kaouthar tourne, tourne et tourne encore comme une planète aimantée par le soleil. Elle sent dans son dos l'énergie silencieuse des autres. Elles sont là. Deux, trois, puis dix, cinquante. Elles sont descendues. Par centaines. Vêtues de noir, une fleur rouge en bandeau sur la tête, elles marchent, verticales sous la pluie de ce 25 janvier qui n'a pas d'âge, qui explose les frises chronologiques et les calendriers. Pour elles, tout commence aujourd'hui.

Une première grenade lacrymogène vient déchirer la matière invisible de ce temps suspendu. Elle tombe à quelques mètres d'Antoine. Des sirènes sonnent la fin de partie. Amar ne peut se résoudre à partir sans saluer une dernière fois son public. Avec gourmandise, il saisit des deux mains le visage d'un officier et l'embrasse langoureusement. « *C'est pour que tu ne m'oublies pas,* habibi. *Viens me voir au musée de temps en temps, d'accord ?* » Une deuxième grenade tombe. Le groupe éclate comme une nuée d'oiseaux s'envole. « *Pédés ! Pédés ! On va vous faire la peau, bande de tarés !* » Les bottes des militaires claquent sur le bitume. Une fumée blanche envahit la Place. Antoine distingue à peine ce qui se passe autour de lui. Les grenades pleuvent, rebondissent sur le sol dans un bruit sec. Antoine court à travers les filaments de gaz pour trouver Amar et Kaouthar. C'est la bousculade. Les corps se tamponnent. Antoine entend le bruit des matraques qui cognent sur les chairs jusqu'à ce que la peau éclate comme une tomate trop mûre. Abandonnées dans le tumulte, les baudruches en latex se recroquevillent sur la chaussée. On piétine les roses de la vendeuse. Antoine a le visage en feu : ses yeux, son nez, son larynx, ses poumons lui brûlent. Il recule, à la recherche d'un peu d'air. Il voudrait voir à travers le gaz opaque. Il ne devine que des ombres qui se débattent. L'angoisse s'assoit sur sa poitrine. *Kaouthar, Amar, où êtes-vous ?* Antoine ne voit plus rien. Il s'effondre à quatre pattes sur le sol. Les larmes qui coulent sur ses joues sont tranchantes comme des lames de couteau. Des filets de bave s'échappent de sa bouche grande ouverte. Roulé en boule sur l'asphalte mouillé, des images envahissent le peu de conscience qui lui reste. Un poisson, un banal poisson aux écailles grises, se tortille sur les pavés pisseux d'un quai portuaire, ses branchies ventilent à la recherche d'oxygène, sa gueule forme un large cercle qui s'ouvre et se referme à la manière d'un diaphragme d'appareil photo. Sa gueule est crochetée d'un hameçon. Le poisson va mourir. On le laisse se débattre. Des enfants se réjouissent de le voir de si près. Le pêcheur est satisfait, sans plus, de sa prise, tout juste bonne pour de la petite friture. Le poisson ne tressaute presque plus. Ses branchies, moins vigoureuses, se soulèvent encore. Antoine étouffe. Le poisson ne bouge plus, seule sa bouche clapote. Antoine sent soudain son corps qui remonte à la surface. Une main vigoureuse l'attrape, le cale sur un sommet d'épaule, tandis qu'une autre main s'enroule autour de son buste. Antoine pose péniblement un pied devant l'autre. Il ne voit toujours rien. Il entend une bouche qui ânonne sous l'effort, des pas alourdis qui frottent sur le sol. À qui appartient ce corps qui le porte ? Amar peut-être ? Non : Antoine reconnaît une main de femme qui le tient fermement. Kaouthar, pourvu que ce soit elle, pourvu qu'elle soit sauve et encore libre. Une voix lui parle en français. « *On va s'en sortir. Tiens bon.* » Qui est-ce ? Amal ? Il voudrait ouvrir les yeux, redresser la nuque, découvrir le visage de celle qui est en train de le sauver. Mais sa tête pèse lourd et s'écrase maintenant sur la poitrine de l'inconnue. À travers l'étoffe de son vêtement, Antoine croit percevoir les battements de son cœur. Elle est à bout de souffle. Sa respiration est saccadée, inquiète, presque familière. Il imagine à toute vitesse, surpris d'être encore capable de penser alors que son corps ne répond plus. *Mariam ?* Antoine rassemble ses dernières forces. Il cherche à articuler. Son cri reste coincé à l'intérieur. Sa tête s'abandonne. Il perd connaissance.

À toutes celles et ceux qui ont cru à la révolution égyptienne et qui y croient encore.

À Solafa, Hagar, Sanaa, Shahinaz, Eman, Gihad, Sara, Esraa, Zara, Hossam, Ayman, Ayyash, Halim, Bola, Naël, Nizar, Haïtham, Kiko, Ammar, Moshir, Mohamed, Salam, Hicham et tant d'autres. Au courage qui vous anime et à cette conscience éclairée qui vous guide et nous guide dans ce monde malade de ne pas croire en sa jeunesse.

À Giulio Regeni, Shady Habash et Sara Hegazy, victimes de la violence du régime égyptien et dont les terribles disparitions ont profondément influencé l'écriture de ce livre.

Merci à Stéphanie, Stéphanie, Florence, Élodie, Amel et Denis pour leur relecture attentive et leur amitié indéfectible. Remerciements d'une singulière tendresse à Pauline et Nina, mes camarades de terrain et de cœur. Merci aux collègues journalistes, traducteurs, fixeurs et, plus largement, merci aux ami.e.s cairotes pour les soirées de décompression folles, les nuits blanches et les playlists, ils/elles se reconnaîtront.

Ce livre ne serait pas le même sans les précieuses traductions de mon amie Fatma ni sans l'immense talent graphique d'Ammar Abo Bakr. Gratitude infinie et cœurs avec les doigts.

Merci à Agnès Debiage de m'avoir judicieusement aiguillée vers Manon Viard, mon éditrice, que je remercie également ainsi que toute l'équipe des éditions de l'Aube pour avoir cru en mon texte.

Merci à Jean pour ses conseils littéraires avisés. Enfin, merci à mes parents, mon frère et ma sœur pour leur bienveillante présence malgré la distance.

Pour mes enfants, Léonard et Marius.

## Chez le même éditeur
## (extrait)

Ghada Abdel Aal, *Cherche mari désespérément*
Renata Ada-Ruata, *Battista revenait au printemps*
Elisabeth Alexandrova-Zorina, *Un homme de peu*
Elisabeth Alexandrova-Zorina, *La poupée cassée*
Karim Amellal, *Bleu Blanc Noir*
Karim Amellal, *Dernières heures avant l'aurore*
Omar Benlaala, *L'Effraction*
Maïssa Bey, *Au commencement était la mer*
Maïssa Bey, *Nouvelles d'Algérie*
Maïssa Bey, *Cette fille-là*
Maïssa Bey, *Entendez-vous dans les montagnes…*
Maïssa Bey, *Sous le jasmin la nuit*
Maïssa Bey, *Surtout ne te retourne pas*
Maïssa Bey, *Bleu blanc vert*
Maïssa Bey, *Pierre Sang Papier ou Cendre*
Maïssa Bey, *Puisque mon cœur est mort*
Maïssa Bey, *Hizya*
Maïssa Bey, *Nulle autre voix*
Bui Ngoc Tan, *La mer et le martin-pêcheur*
Bui Ngoc Tan, *Conte pour les siècles à venir*

Philippe Carrese, *Virtuoso ostinato*
Philippe Carrese, *Retour à San Catello*
Philippe Carrese, *La légende Belonore*
Philippe Carrese, *Tango à la romaine*
Philippe Carrese, *Une histoire de l'humanité (tome 1 et fin)*
Philippe Carrese, *La famille Belonore. Une saga italienne*
Bernard Dan, *Le livre de Joseph*
Nicole Dennis-Benn, *Rends-moi fière*
Samira El Ayachi, *Quarante jours après ma mort*
Samira El Ayachi, *Les femmes sont occupées*
Samira El Ayachi, *Le ventre des hommes*
Ilo de Franceschi, *Écrivez-moi Madeleine*
Andréa del Fuego, *Les Malaquias*
Andréa del Fuego, *Les miniatures*
Dong Xi, *Une vie de silence*
Dong Xi, *Sauver une vie*
Suzanne El Kenz, *La maison du Néguev*
Ali Erfan, *Sans ombre*
René Frégni, *Le chat qui tombe et autres histoires noires*
Malu Halasa, *La mère de tous les cochons*
Karen Jennings, *Les oubliés du Cap*
Nìkos Kokàntzis, *Gioconda*
Denis Langlois, *Le déplacé*
Anne Larivière, *L'expérience du vide*
Juliana Leite, *Entre les mains*
Nikolaï Leskov, *Le Paon*
Vadim Levental, *Le destin de Macha Regina*
Jacques Lindecker, *On a aimé des poisons*
David Machado, *Laissez parler les pierres*
David Machado, *Indice de bonheur moyen*

David Machado, *Des abeilles sous la peau*
Grégory Matthys, *Lettres muettes pour fille non-affranchie*
Ali-Reza Mahmoudi Iranmehr, *Nuage rose*
Anna Moï, *Nostalgie de la rizière*
Anna Moï, *Le pays sans nom*
Naïri Nahapétian, *L'amour selon Marina M.*
Enzo Gianmaria Napolillo, *Les tortues reviennent toujours*
Mohamed Nedali, *Le bonheur des moineaux*
Mohamed Nedali, *La maison de Cicine*
Mohamed Nedali, *Triste jeunesse*
Mohamed Nedali, *Le Jardin des pleurs*
Mohamed Nedali, *Évelyne ou le djihad*
Mohamed Nedali, *La bouteille au cafard*
Mohamed Nedali, *Le poète de Safi*
Nguyên Ngoc Tu, *Immense comme la mer*
Diekoye Oyeyinka, *La douleur du géant*
Victor Paskov, *Ballade pour Georg Henig*
Aurore Py, *La nuit, quand elle vient*
Daniel Quirós, *La disparue de Mazunte*
Anna Roman, *Le val d'absinthe*
Igor Saveliev, *Les Russes à la conquête de Mars*
Alexandre Seline, *Je ne te mens jamais*
Alexandre Sneguiriev, *Je ris parce que je t'aime*
Alexandre Sneguiriev, *Véra parmi les hommes*
Mathanghi Subramanian, *Les toits du paradis*
Natalia Sylvester, *C'était le jour des morts*
Sun Huifen, *Cousine Perle*
Olivier Szulzynger, *La maison Bataille*
Ahmed Tiab, *Vingt stations*
Victoria Tchikarnieeva, *Bye-bye Vichniovka !*

Gérald Tenenbaum, *Les Harmoniques*
Nguyên Huy Thiêp, *Mon oncle Hoat*
Nguyên Huy Thiêp, *Mademoiselle Sinh*
Nguyên Huy Thiêp, *Conte d'amour un soir de pluie*
Nguyên Huy Thiêp, *Crimes, amour et châtiment*
Chabname Zariâb, *Le pianiste afghan*
Spôjmaï Zariâb, *Les demeures sans nom*

Pour limiter l'empreinte environnementale de leurs livres,
les éditions de l'Aube font le choix de papiers
issus de forêts durablement gérées et de sources contrôlées.

Achevé d'imprimer en décembre 2021
sur les presses de l'imprimerie Firmin Didot
pour le compte des éditions de l'Aube
331, rue Amédée-Giniès, F-84240 La Tour d'Aigues

Numéro d'édition : 4430
Dépôt légal : janvier 2022
Numéro d'impression : 167518

*Imprimé en France*